聞いて学ぼう！
ニュースの日本語
社会・政治経済・科学・文化　88のニュース

快樂聽學新聞日語

日本語でニュースを聞いて
日本の「今」を知る!!

裁判員制度　国際宇宙ステーション　天下り　新エネルギー　ＣＯ２削減　熱中症
なでしこジャパン　地デジ　アザラシ　ノーベル賞受賞　メタボリックシンドローム
イチロー　国際ハブ空港　電力不安　ひきこもり　　リコール　日本円史上最高値
トキ放鳥　ワシントン条約　　国産旅客機　イグノーベル賞　ロボットNPO法人
電子書籍　コミックマーケット　日航経営再建　サラリーマン川柳　国語世論調査
時効廃止　クローン　公共自転車　大相撲八百長問題　世界遺産　ソユーズ……

附MP3 CD

加藤香織　編著
林　彦　伶　中譯

鴻儒堂出版社發行

推薦序

在日語學習過程中，新聞日語發揮兩大功能。

首先是語言層面的功能——能夠讓學習者掌握新聞日語的體裁。日語因表達領域和表達手段的不同，在體裁上有相當明顯的形式差異，這一點和華語有所不同。華語雖然也有各種體裁，但彼此之間的形式差異並不明顯。因此華人學日語時必須正確掌握各種體裁的特徵，這樣在寫作時才能配合實際的文章以正確的體裁表現出來。

其次則是文化層面的功能——能夠讓學習者了解日本的政治、經濟、科技、社會以及文化的動向。學習日語的基本目標固然是要精通說、寫、聽、讀這四項日語技能，但也不能忘記，還有一個更長遠的目標，那就是透過語言來增進對日本文化的理解，並開拓我們的知識領域和人生境界。

這次出版的《快樂聽學新聞日語》，就是能讓各位在快樂的學習過程中達成上述兩項功能的一本絕佳自習教材。作者加藤香織老師是研究社會語言學的日語專家，譯者則是專攻翻譯學的林彥伶老師，兩位均為各該專業領域的翹楚。原文由作者精心取材撰寫而成，篇篇都是簡潔精鍊的標準新聞日語，再由譯者以最符合原文的精確譯筆譯成中文並加上重要詞語註釋。而且附有MP3 CD。原本連載於《階梯日語雜誌》，這次重新編輯彙整成冊，為有心學習新聞日語的華人學習者提供學習利器，只要善加活用，一定能達到最佳學習效果，特此大力推薦。

黃國彥

2013年4月吉日

2

はじめに

　本書は、日本語学習誌『階梯日本語雑誌－ステップ日本語』に連載中のコーナー「ニュースを聞く」をもとに編集されました。日本語の基礎をマスターした中級以上の学習者をおもな対象としています。

　「社会」「政治・経済」「科学」「文化」と大きく分類してありますが、各分類中の内容もなるべく多岐にわたるよう、さまざまなジャンルから、そのときもっともホットな話題を集めました。執筆にあたっては、日本語学習者にわかりやすい表現を使うと同時に、大人の読者でも読み応えを感じることができる内容に仕上げるよう心がけました。

　ぜひ本書を、日本社会の「今」を理解する手掛かりとして活用していただければ幸いです。

　最後に、本書を出版する機会を与えてくださり、編集にあたってご尽力くださった鴻儒堂出版社の皆様に厚く感謝の気持ちを述べさせていただきます。

加藤香織

本書の使い方

1. まず、ニュース本編の後ろのページ（偶数ページ）下側にある

用語をチェックしましょう。
少し難易度の高い単語や言い回し、新しい用語などが説明してあります。

2. 次に、ニュース本編を聞いてみましょう。
全部の内容がわからなくてもかまいません。まずは何に関するニュースなのか、およその内容がつかめればOKです。

3. 後ろのページ（偶数ページ）の中国語訳を読んで、ニュースの内容を理解しましょう。

4. もう一度、ニュース本編を聞いてみましょう。

5. 次に、表のページ（奇数ページ）にある、日本語のニュース記事の内容を読みます。
どの部分が聞き取れなかったのか確認しましょう。

6. 最後にもう一度、ニュース本編を聞きましょう。

目　次

社　会　　9

特集　東日本大震災　　11

　　　死者・不明者2万7000人以上　　13

　　　滞る支援物資　　15

　　　福島第一原発事故　　17

　　　世界中から支援の手　　21

News 1　教員の「心の病」が過去最多――10年間で3倍に　　23

News 2　成人の日――各地で成人式　　25

News 3　唯一の「日本のパンダ」上野のリンリン死亡　　27

News 4　日本人の平均寿命が過去最高を更新、女性は23年連続世界一　　29

News 5　WHOの世界トイレ事情報告――12億人は今も野外で　　31

News 6　犬・猫も高齢化の時代へ　　33

News 7　大麻経験者10年で2.6倍に――厚労省調査　　35

News 8　全国で「オタマジャクシの雨」騒動　　37

News 9　主婦の42％「へそくり減った」――サラリーマン世帯の家計調査　　39

News 10　台風8号が台湾南部を直撃――50年に1度の大災害に　　41

News 11　2年5ヵ月で51人――赤ちゃんポスト報告書　　43

News 12　「ひきこもり」全国で約70万人――内閣府調査　　45

News 13　「史上最も暑い夏」、熱中症は4万6千人　　47

News 14　100歳以上の所在不明高齢者、全国で少なくとも271人　　49

News 15　イチロー、10年連続200安打達成――大リーグ新記録　　51

News 16　クマ出没注意！――全国で被害相次ぐ　　53

News 17　「タイガーマスク運動」――日本全国に寄付活動広がる　　55

News 18　大相撲で八百長が発覚　　57

News 19　高齢者数過去最高、「孤立化」傾向も――「高齢社会白書」　　59

News 20 サッカー日本女子「なでしこジャパン」、ワールドカップ初優勝　61

News 21 テレビ・アナログ放送終了、地デジへ完全移行　63

News 22 日本一強盗に入られている牛丼店　65

News 23 アザラシが埼玉の荒川に出現　67

政　治・経　済　69

News 24 来日外国人の指紋採取がスタート　71

News 25 日本の楽天と台湾の統一超商が合弁を発表　73

News 26 タバコ自販機カード運用開始――ICカードで成人識別　75

News 27 日本国内最大の百貨店誕生――三越と伊勢丹が統合　77

News 28 ５月から裁判員制度スタート――候補者通知に戸惑いの声多数　79

News 29 定額給付金の支給がスタート　81

News 30 裁判員裁判　８月３日からスタート　83

News 31 政府、天下り斡旋の全面禁止へ　85

News 32 日本の貧困率15.7％　OECDで４番目　87

News 33 09年男女格差報告、日本は75位――世界経済フォーラム　89

News 34 初の公開「事業仕分け」に注目集まる　91

News 35 経営再建の日航――新会長に京セラ稲盛氏　93

News 36 トヨタ大規模リコール――全世界で800万台　95

News 37 政府が「眠れてる？」呼びかけ――自殺対策強化月間　97

News 38 死刑制度容認85.6％で過去最高に――内閣府調査　99

News 39 殺人時効廃止、異例の即日施行　101

News 40 ユニクロと楽天、社内公用語を英語に　「世界企業」目指す　103

News 41 広島原爆の日――国連事務総長、米代表ら式典に初参列　105

News 42 大阪地検特捜部検事、証拠隠滅容疑で逮捕　107

News 43 新生羽田空港スタート――台北便も８年ぶりに就航　109

News 44 日本、GDP世界第３位に転落　111

News *45* ソフトバンク孫正義社長、自然エネルギー財団設立を発表 113

News *46* 福島第一原発事故　東電メルトダウン認める 115

News *47* 国産旅客機「MRJ」、アジアで初の受注 117

News *48* 夏の電力不安、何とか乗り切った——電力制限解除 119

News *49* 電力会社に電気を売る——再生エネルギー特措法成立 121

News *50* 日本円、史上最高値を更新 123

科　学 125

News *51* 「牛のフンからバニラ」で日本人女性イグノーベル賞受賞 127

News *52* 高校生が「アレルギーの人でもOK」の卵を開発 129

News *53* 「酒飲んで忘れよう」は逆効果！？——東大教授がラットで実験 131

News *54* 宇宙飛行士の星出さん無事帰還 133

News *55* カエルとイモリの天気予報に下駄が挑戦！？——鳥羽水族館 135

News *56* クールビズは不経済！？——日本建築学界調査 137

News *57* 天然記念物トキの試験放鳥——27年ぶりに日本の空へ 139

News *58* ノーベル賞受賞者発表——日本人研究者4氏が受賞 141

News *59* 伝説の名牛、クローンでよみがえる——死後13年の冷凍細胞から 143

News *60* 頭で考えただけで動くロボット——ホンダの共同研究チームが開発 145

News *61* お酒に弱い人、飲酒・喫煙で食道がんのリスク190倍に 147

News *62* 公共自転車でCO2削減——環境省実験 149

News *63* いっぱい食べても太らない！——京大教授ら脂肪抑える化合物発見 151

News *64* 日本人宇宙飛行士野口さん、ソユーズで宇宙へ 153

News *65* 世界初、ウナギ完全養殖に成功 155

News *66* 伊藤園・資生堂、動物実験廃止を決定 157

News *67* 抗生物質が効かない「多剤耐性菌」、院内感染が多発 159

News *68* 生物多様性条約COP10、名古屋で開催 161

News *69* 「ヘビ怖い」は本能！？——京大研究チームが実験 163

News 70　生産効率従来の10倍　「石油」を作る藻類発見　165

News 71　「絶滅」した魚が生きていた！　167
　　　　　――田沢湖の「クニマス」、西湖で見つかる

News 72　日本人女性は痩せ過ぎ！？――専門家から懸念の声も　169

News 73　夏場の電力不足「休日の分散化が効果的」　171
　　　　　――民間シンクタンク試算

News 74　「スリープの有効活用」「画面は暗め」で30％節電　173
　　　　　――マイクロソフト検証

News 75　一石二鳥　古いテレビが放射線遮蔽材に　175

News 76　ガソリンも電気も不要！空気で走る車を開発――豊田自動織機　177

文　化　179

News 77　お父さんの育児知識を測る、第1回「パパ検」実施　181

News 78　夫が家事・育児するかしないかで、第2子出生に5倍の差　183

News 79　人生をやり直せるなら？…医者・看護師――「大人の夢」調査　185

News 80　得意料理は1位チャーハン、2位カレー――男性の料理実態調査　187

News 81　国語辞典が小学生に大ブーム　189

News 82　ポニョ、毒、朝バナナ――サラリーマン川柳ベスト10発表　191

News 83　「破天荒」とはどういう意味？――文化庁・国語世論調査　193

News 84　“漫画が売れない！”日本国内の漫画売り上げ、過去最大の減少　195

News 85　「電子書籍元年」――大手メーカー、端末を続々発売　197

News 86　小笠原諸島と平泉が世界遺産に　199

News 87　この夏も開催　世界最大の漫画の祭典「コミックマーケット」　201

News 88　「孫文と梅屋庄吉展」香港で開催――辛亥革命100年記念　203

著者・譯者介紹　205

ジャンル1

社　会

東日本大震災
ひがしにほんだいしんさい

社会

　3月11日午後2時46分（日本時間）、東北地方の太平洋沖で、日本の観測史上もっとも大きい①マグニチュード9.0の巨大地震が発生しました。震源域は岩手県沖から茨城県沖まで、南北約500km、東西約200kmの広い範囲②におよび、宮城県栗原市で震度7、宮城県、福島県、茨城県、栃木県で震度6強など、各地で強い揺れを観測しました。また、この地震によって発生した大津波が、宮城、岩手、福島、青森、茨城などの③海沿いの地域を④襲い、多数の民家や田畑、工場、鉄道などを⑤押し流し、甚大な被害を⑥もたらしました。被害が大きかった地域のひとつである岩手県・大船渡市では、津波は海岸から450mほど離れた水田付近にまで達し、高さは約30mにおよんでいたことが専門家の調査でわかっています。

東日本大地震

　　3月11日下午2點46分（日本時間），日本東北地方太平洋外海發生了日本觀測史上最大的超級強震，地震規模達9.0。震源從岩手縣外海一路到茨城縣外海，範圍極廣，南北長達約500公里，東西200公里左右。宮城縣栗原市震度7級，宮城縣、福島縣、茨城縣、栃木縣也有6級，各地都觀測到強烈搖晃。這次地震引發的大海嘯侵襲宮城、岩手、福島、青森、茨城等地沿海，沖毀許多民宅及農地、工廠、鐵路，造成莫大的損害。專家調查發現，受到重創的地區之一岩手縣大船渡市，海嘯席捲範圍遠至距海岸450公尺的水田附近，高度都還有30公分。

①マグニチュード：magnitude。標示地震規模，亦即地震所釋放能量大小的數值

②におよび：「～におよぶ」指波及、達到～

③海沿い：沿海。「～沿い」指沿著～

④襲い：「襲う」指襲擊

⑤押し流し：「押し流す」指沖走、沖垮

⑥もたらしました：「もたらす」指帶來、造成

死者・不明者2万7000人以上

　今回の大震災で、3月30日までに死亡が確認された人は1万1362人に上り、警察に①届け出があった行方不明者を合わせると2万7000人を超えています。自然災害で死者・行方不明者が1万人を超えたのは、戦後初めてのことで、その数は今後さらに増える可能性があります。避難所で暮らす人の数は、いちばん多いときには約50万人に上り、地震から半月以上たった3月末現在も、17万人②余りが避難所での苦しい生活を送っています。

死亡及失蹤人數超過2萬7千人

　　這次大地震，到3月30日為止確定死亡的人數已達11,362人，加上向警方申報的失蹤人數，總計超過2萬7千人。這是日本自二次戰後首度發生死亡及失蹤人數超過1萬人的天然災害，而這個數目可能還會向上攀升。住在避難所的災民人數，最多時高達50萬人，地震發生半個多月後，到3月底還有超過17萬人在避難所過著克難的生活。

①届け出：申報
②余り：接在數量詞之後，表示數量略
　　高於～

特集

①滞る支援物資

MP3
005

社会

　地震発生からしばらくの間、被災地に支援物資が十分に②行き渡らず、少ない水や食料を大勢の被災者で③分け合う状況が続きました。物資不足の大きな原因は、道路の損壊と燃料不足です。被災地の港や空港に国内外から送られた支援物資が到着しても、道路が④寸断されて通れなかったり、トラックの燃料が不足していたため、各避難所まで運ぶことができない状況が続きました。燃料不足の原因は、東北・関東の6ヵ所の製油所が震災で⑤操業を停止し、一時ガソリンや軽油など、石油製品の生産が3割程度⑥落ち込んだためで、暖房に使う灯油も同様に不足したことから、避難所では寒さで体調を崩す人も多数出ました。

15

苦等不到救援物資

地震過後有一段時間，災區一直無法得到足夠的救援物資，許多災民只能共享少量的水與食物。物資不足的主要原因，在於道路損毀與燃料不足。即使來自國內外的救援物資送至災區的港口和機場，也因為道路柔腸寸斷無法通行，不然就是因為卡車燃料不足，無法運送到各地避難所。燃料不足的原因是因為東北及關東6處煉油廠因地震停工，汽柴油等石油製品產量驟降3成左右。而由於暖氣所用的煤油同樣短缺，所以很多避難所的災民都受寒而生病。

①滞る：拖延、延誤

②行き渡らず：「行き渡る」指達到所有角落，毫無遺漏

③分け合う：相互分享、共享

④寸断：斷成一寸寸的小段

⑤操業：操作機械進行作業

⑥落ち込んだ：「落ち込む」在此指（業績、產量等）下降、下滑

福島第一原発事故

　今回の大震災で、国内外を震撼させ、現在もその行方が注目されているのは、東京電力・福島第一原子力発電所の事故です。原子力発電は、核燃料が分裂したときに発生する熱でお湯を沸かし、水蒸気の力で①タービンを回して電力に変える仕組みで、通常は②原子炉内が高温になりすぎないように、大量の水を循環させて温度をコントロールしています。しかし、3月11日の地震発生によって、原子炉の運転は自動停止しましたが、冷却装置が故障したため、炉内の温度が上がり続けるという問題が起こりました。高温によって水蒸気や水素が大量に発生し、それが原因で、原子炉を覆うコンクリートの建屋が爆発、崩壊して、放射性物質が外部に放出される事態に発展しました。燃料の温度を下げるため、東京消防庁などが出動し、特殊な放水車を使って③建屋内に大量の水を送り続けたことが一定の効果を上げていますが、④予断を許さない状況が続いています。

福島第1核電廠事故

　　這次大地震撼動全球，現在動向仍備受關注的，就是東京電力福島第1核電廠的事故。核能發電的原理，是利用核燃料分裂時產生的熱能把水煮沸，再用水蒸氣轉動渦輪來發電。正常情況下會循環使用大量的水來控制溫度，使核子反應爐內的溫度不致過高。3月11日地震時，反應爐自動停止運轉，但冷卻裝置故障，導致爐內溫度持續上升。高溫產生大量的水蒸氣與氫氣，炸毀包覆反應爐的混凝土外牆，造成輻射物外洩。為了降低燃料的溫度，東京消防廳等單位來到當地，利用特殊灑水車持續向反應爐大量灌水，溫度稍獲控制，但未來變化仍難以預料。

①タービン：turbine。渦輪
②原子炉：核子反應爐
③建屋：專門收納大型機械裝置（在此

指核子反應爐）的建築物
④予断を許さない：無法預測。「予断」指預測

　この事故によって、福島県産の原乳、福島、茨城、栃木、群馬県産の野菜、そして福島、茨城、東京、千葉の水道水から、基準値を超える放射性物質が検出され、福島県内で採取された土壌や、発電所の放水口付近の海水からも、基準値を大きく超える放射性物質が検出されています。また事故現場から遠く離れた地域の大気中からも、微量ながら放射性物質が見つかっていて、日本国内だけでなく近隣の国々にも不安を与えています。

　東京電力の事業地域である関東地方では、発電所が運転を停止したことで電力の供給が不足し、突然の大規模停電を防ぐ目的から、計画停電が実施されています。停電中は工場の運転を中断しなくてはならないなど、経済活動に与える影響が⑤懸念されています。

　受到這次核能事故的影響，福島縣的生乳、福島、茨城、栃木、群馬縣的蔬菜，還有福島、茨城、東京、千葉的自來水都驗出超標的輻射物質。福島縣採樣的土壤和核電廠出水口附近的海水中，也驗出大幅超標的輻射物。連與事故現場相隔遙遠的地區，都發現大氣中含有微量輻射物，不只日本國內，鄰近各國也都人心惶惶。

　東京電力的供電地區關東地方，因發電廠停擺導致電力供應不足，爲避免突發性的大規模停電，而實施分區限電措施。停電時工廠作業被迫中斷等等，恐怕會對經濟造成重大影響。

⑤懸念：擔心、憂心

世界中から支援の手

MP3
007

社会

　大震災が発生してすぐに、世界各国から日本の被災地へ支援の①手が差し伸べられました。台湾では3月17、18日に、台湾赤十字会やテレビ各局などが共同で主催したチャリティー番組が放送され、放送から1週間のあいだに13億台湾ドルを超える②義援金が寄せられました。4月10日現在で、台湾の官民合わせた義援金総額は約44億台湾ドルにも上り、被災者③のみならず、日本国中の人々を感動させました。

　外務省によると、これまでに134ヵ国と39の国際機関から支援の申し出があったということです。

　現在、④仮設住宅の建設が⑤急ピッチで行われ、被災者の入居が進んできています。しかし、多くの人が今まで住んでいた家を失い、会社がなくなり職を失ってしまった人や、津波に船を⑥さらわれてしまった漁業従事者、農地の放射能汚染で作物が作れなくなった農家も少なくありません。また、被災地には自動車や電気製品の部品工場が多く、日本の製造業全体にも大きな影響が出ています。これから日本にとって、復興へ向けた長く険しい道のりが続きます。

來自全世界的援助

　　大地震發生後，世界各國立即紛紛對日本災區伸出援手。台灣在3月17、18日，由台灣紅十字會及各大電視台共同舉辦電視募款活動，節目播出1週後，就募得超過13億台幣的捐款。至4月10日爲止，來自台灣政府及民間的捐款總額已高達約44億台幣，不只災民，全日本的人們也都爲之感動。

　　據外務省表示，有134個國家以及39個國際組織都曾主動表示願意提供支援。

　　目前各地均加緊腳步興建臨時住宅，災民開始陸續遷入。然而，許多人失去住了一輩子的家，還有很多人公司沒了工作也沒了，很多漁民船隻被海嘯捲走、很多農家的農地因輻射污染無法耕作。而且，災區有很多汽車及電器零件的工廠，嚴重衝擊日本整體的製造業。日本所面對的是往後漫長而艱辛的重建之路。

①手が差し伸べられました：「手を差し伸べる」指伸出手
②義援金：捐款。也寫作「義捐金」
③〜のみならず：不僅、不但
④仮設：臨時設立、暫時的

⑤急ピッチ：快速、迅速。「ピッチ」（pitch）原指音的高低，引申指一個動作與下個動作的間隔短暫
⑥さらわれて：「さらう」指擄取、奪走

教員の「心の病」が過去最多——10年間で3倍に

MP3 008

社会

　うつ病などの精神性疾患が原因で、2006年度中に①病気休職した公立学校の教員が4,675人に上り、過去最多になったことが2007年12月28日、文部科学省の調査でわかりました。10年前の1996年度（1,385人）に比べると3.3倍という②急増ぶりです。

　精神性疾患で休職する教員は1992年度から14年連続で増加しています。また精神性疾患による休職者が病気休職者全体（7,655人）に占める割合も、初めて6割を超えました。

　文科省は、このように「心の病」で休職する教員が急増している原因について、教員の仕事が以前より多忙になっていること、教員に対して③理不尽な要求をする④児童・生徒の保護者が増えていることなどを挙げています。また年代的には、職場の人間関係等に⑤なじめない新人教員と、私生活や自分の健康に問題が出る40〜50歳代の教員が、特にストレスを抱えやすいということです。

　うつ病などで休職する人は一般企業に勤めるサラリーマンにも増えており、今や「心の病」は日本の大きな社会問題になっています。

教員「心理疾病」件數創新高－10年內成長爲3倍

　　文部科學省2007年12月28日公布的調查顯示，2006年度因憂鬱症等精神疾病而因病留職停薪的公立學校教員人數高達4675人，創歷年新高。與10年前1996年度（1385人）相較，呈現3.3倍的急速成長。因精神疾病而留職停薪的教員自1992年度起，14年來持續增加。而因精神疾病留職停薪者在因病留職停薪者全體（7655人）中的佔比，也首度超過6成。

　　文科省表示，　像這樣因「心理疾病」而留職停薪的教員人數激增，原因包括教員工作比以往更繁重、對教員做無理要求的家長越來越多等等。而就年齡層來看，據說不適應職場人際關係的新進教員，以及個人生活或健康出問題的四、五十歲教員特別容易累積壓力。

　　在民間企業工作的上班族也有越來越多人因憂鬱症而留職停薪，可見現在「心理疾病」已成爲日本的一大社會問題。

①病気休職：因傷病留職停薪、停職

②急増ぶり：「ぶり」接在名詞後，表示該名詞的狀態、情況。這裡指急速增加的情形

③理不尽：不合理的

④児童・生徒：「児童」指國小學生，「生徒」指國高中學生

⑤なじめない：表示「適應、融入」的「なじむ」的可能形「なじめる」加上否定助動詞「ない」。指無法適應

成人の日──各地で成人式

MP3
009

　成人の日の1月14日、日本各地で成人式が催されました。総務省の調べによると、今年の新成人は約135万人（男性69万人、女性66万人）で、1968年の調査開始以来、過去最低となりました。

　毎年この日には、女性の華やかな①振袖姿が多く見かけられ、また近年では②紋付袴を着る男性も増えてきています。成人式は各市町村が市民会館などで開催するのが一般的ですが、千葉県の③浦安市は、6年前から東京ディズニーランドで④一風変わった成人式を開催していることで知られています。今年は浦安市の新成人の約66％に当たる1,060人が参加したということです。

　また、以下はあるインターネット調査会社が新成人を対象に行ったアンケート調査の結果です。「日本の未来についてどう考えるか」という問いに対し、「暗いと思う」「⑤どちらかといえば暗いと思う」と答えた人が47.3％に上り、「明るいと思う」「どちらかといえば明るいと思う」と回答した人はわずか9.1％だったことがわかりました。「政治に対する不満」「少子化、年金問題などの社会問題」が「日本の未来が暗い」と思う理由だそうです。

成人節－－各地舉行成年禮

　　1月14日成人節，日本各地都舉辦成年禮。總務省調查表示，今年新出爐的成人約135萬人（男性69萬人，女性66萬人），這是自1968年開始調查以來最低的一次。

　　每年這一天，都會看到很多女生身著長袖和服的華麗身影，近年來穿日式禮服的男生也開始增加。成年禮通常都是由各鄉鎮市政府在市民會館等地舉辦，千葉縣浦安市特別有名，因為他們6年前開始在東京迪士尼樂園舉辦別出心裁的成年禮。今年浦安市有1060人參加，約佔新成人的66%。

　　此外，下面是某網路調查公司以新成人為對象所做的問卷調查結果。針對「你對日本未來的看法」一問，回答「悲觀」「有點悲觀」的人高達47.3%；回答「樂觀」「有點樂觀」的人僅9.1%。而對「日本的未來感到悲觀」原因在於「對政治不滿」「少子化、年金問題等社會問題」。

①振袖：未婚女子穿的長袖擺日式禮服
②紋付袴：「紋付」原指有徽紋的日式禮服，「袴」指和服打摺褲裙，兩者加起來指男性穿的日式禮服
③浦安市：位於千葉縣西北部，東京迪士尼樂園所在地
④一風変わった：與一般不同的
⑤どちらかといえば：兩者中屬於較～的一方

唯一の「日本のパンダ」上野のリンリン死亡

MP3
010

社会

　東京・上野動物園のパンダ、リンリン（雄・22歳7ヵ月）が4月30日、心不全で死亡しました。パンダの22歳は人間の年齢に換算すると70〜80歳に相当し、世界で登録されている雄の①ジャイアントパンダ104頭のなかで5番目に高齢でした。

　上野動物園でいちばんの人気者として、人々に愛されていたリンリンですが、最近は高齢のため体調が悪化していて、前日の29日に公開が中止されたばかりでした。死亡時刻は午前2時ごろで、お気に入りの場所だったプールに②座り込んだまま死んでいるリンリンを、午前7時ごろ出勤した飼育員が発見したということです。

　リンリンは1985年に中国の北京動物園で生まれ、上野動物園で生まれたパンダのユウユウとの交換で92年に上野動物園に来園しました。リンリンが死んだことで、日本に所有権のあるパンダはいなくなりました。

　日本では現在、全部で8頭のパンダが飼育されていますが、いずれも中国から③借り受けているものです。現在中国から外国にパンダが④贈呈されることはなく、すべて中国籍の「⑤レンタル」で、「レンタル料」は1組の⑥つがいで年間約1億円だということです。

唯一「日本貓熊」上野動物園陵陵死亡

　　東京上野動物園的貓熊陵陵（雄性・22歲7個月）於4月30日，因心臟衰竭死亡。貓熊22歲相當於人類70～80歲，陵陵是全世界有登記的104頭雄性大貓熊中第5高齡。

　　陵陵是上野動物園最紅的明星，備受眾人喜愛，近來由於年邁導致健康惡化，才剛在前一天29日停止開放參觀。牠死亡的時間是在凌晨2點左右，飼育員上午7點左多上班時，發現牠就坐在平日喜愛的池子旁動也不動，已氣絕多時。

　　陵陵1985年在中國北京動物園出生，1992年時被送到上野動物園，以便和在上野動園出生的悠悠互換。陵陵死了之後，日本擁有所有權的貓熊就一隻也不剩了。

　　日本現在總計養了8隻貓熊，不過全都是向中國借來的。現在中國已不再贈送貓熊給外國，一律以中國籍「出租」，據說一對貓熊的「租金」一年約1億日圓。

①ジャイアントパンダ：giant panda，大貓熊，即一般所謂的貓熊。另有一種身長60公分左右的レッサーパンダ（lesser panda），稱為小貓熊或紅貓熊

②座り込んだ：「座り込む」指坐下不動、坐著不走

③借り受けて：借、租借。較「借りる」正式

④贈呈される：贈與、餽贈

⑤レンタル：rental，出租、租賃

⑥つがい：（雌雄）一對

日本人の平均寿命が過去最高を更新、
女性は23年連続世界一

　厚生労働省は７月31日、昨年の人口統計をもとに①算出した日本人の平均寿命を発表しました。女性が85.99歳、男性が79.19歳で、どちらも過去最高を記録しました。女性は23年連続で世界第１位。男性は昨年より②順位がひとつ下って第３位でした。

　平均寿命は、現在の０歳児が平均して何歳まで生きられるかを予測した数字です。今回の発表は、前年より男性が0.19年、女性が0.18年③延びて過去最高を更新しました。また「死因分析」の項目を見ると、日本人の３大死因はがん、心臓病、脳卒中で、現在の０歳児が将来この④いずれかの原因で死亡する⑤確率は、男女とも50％を超えます。⑥厚労省は「この３大死因の治療が進歩したことで平均寿命が延びた。今後もこの傾向は続くとみられる」と分析しています。

[平均寿命の国際比較]

	男性		女性	
1位	アイスランド	79.4歳	日本	85.99歳
2位	香港	79.3歳	香港	85.4歳
3位	日本	79.19歳	フランス	84.1歳
4位	スイス	79.1歳	スイス	84.0歳
5位	オーストラリア・イスラエル	78.5歳	イタリア	83.72歳

日本人平均壽命再創新高，女性連續23年世界第一

　　厚生勞動省7月31日公布依去年人口統計所算出來的日本人平均壽命。女性85.99歲，男性79.19歲，紛紛創下歷年最高紀錄。女性連續23年排行世界第1，男性排行爲第3，比去年下滑一名。

　　平均壽命是預測目前0歲嬰兒平均可以活到幾歲的數字。這次公布的數字，男性比前一年增加0.19歲，女性增加0.18歲，創下歷年新高。而在「死因分析」的項目中，日本人3大死因爲癌症、心臟病、腦中風；目前0歲的嬰兒未來死於這三者之一的機率，男女均超過50%。厚生勞動省分析指出：「這3大死因的醫療技術進步導致平均壽命延長。預料這種傾向今後仍會持續。」

①算出し：計算出
②順位：順序、等級
③延びて：拉長、延長
④いずれか：其中之一

⑤確率：機率、可能性
⑥厚労省：「厚生労働省」的簡稱。負責社會福利、醫療、就業等業務的中央政府組織

WHO世界のトイレ事情報告――
12億人は今も野外で

MP3
012

社会

　世界で25億人が衛生的なトイレを使えず、そのうち12億人は野外で①用を足しているという現状が、世界保健機関（WHO）と国連児童基金（②ユニセフ）のまとめた世界の衛生設備に関する報告書でわかりました。

　報告書によると、2006年の時点で衛生的なトイレを継続的に利用できている人は世界全体の62％で、利用できない人の数は減少する傾向にありますが、それでも全世界人口の18％に相当する12億人は野外で用を足すことを③余儀なくされています。インドやパキスタンなど南アジアでは特に深刻で、48％の人が野外で用を足しているといいます。

　発展途上国では不十分な衛生設備が原因で、④コレラや⑤チフス、肝炎などの感染症に罹り、毎年多くの子どもが亡くなっています。国連は「2015年までに、安全な衛生施設を継続的に利用できない人々の割合を半減する」という目標を掲げていますが、この目標を達成するためには、まだ７億人分のトイレが不足しているとみられています。WHOは、もしこの国連目標が達成されれば、医療費の削減や労働生産性の向上などで得られる利益は年間844億ドルにのぼる一方、その実現に必要な費用はこの８分の１程度でしかないことを強調しています。

WHO世界廁所現況報告－12億人至今仍在野外解手

　　世界衛生組織（WHO）與聯合國兒童基金會（UNICEF）所彙整的世界衛生設備相關報告指出：目前世界上有25億人無法使用衛生的廁所，其中有12億人在野外解手。

　　報告書指出：2006年能持續使用符合衛生廁所的人佔全球人口62%，不能的人有逐漸減少的傾向，但仍有12億人被迫在野外解手，佔全球人口的18%。印度及巴基斯坦等南亞地區問題特別嚴重，有48%的人在野外解手。

　　開發中國家由於衛生設備不足，每年都有許多孩童死於霍亂或斑疹傷寒、肝炎等傳染病。聯合國訂定目標，計劃「在2015年以前，將無法持續使用安全衛生設施者所佔的比率減半」，而要達成這個目標，估計還差了7億人份的廁所。WHO強調：若達成聯合國的這個目標，則每年可因降低醫療支出及提高勞動生產力而獲得844億美元的利益；而實現這個目標所需的費用只有它的8分之1。

①用を足し：解手、如廁　　　　　　　　奈何

②ユニセフ：UNICEF（United Nations　　④コレラ：cholera。霍亂

　Children's Fund）聯合國兒童基金會　　⑤チフス：typhus。斑疹傷寒

③～を余儀なくされる：不得已、無可

犬・猫も高齢化の時代へ

MP3 013

社会

　ペットの世界でも高齢化の①波が押し寄せているようです。②ペットフードメーカーなど80社で組織する「ペットフード工業会」が日本全国の16〜69歳の男女約4,000人を対象に行った「平成20年度全国犬猫飼育率調査結果」によると、ペットの犬の55.3％、猫の47.4％が7歳以上の「中高年」で、それぞれ昨年調査の51.0％、45.8％より③アップしており、「高齢化」が④すすんでいることがわかりました。またそのうち約3割が10歳以上の老齢犬・猫だということです。

　一方、06年度⑤を境にして、15歳未満の子どもの総数と犬・猫の飼育数は逆転。ペットの飼育数が増え続ける理由として、同工業会は「飼育可能なアパート・マンションの増加」「少子化の中でペットを子どもと同じようにかわいがる人が増えている」「ペットと暮らすことによる精神的効用が広く知られるようになった」ことなどを挙げています。

貓狗也進入高齡化時代

　　寵物界似乎也開始面臨高齡化的時代。由寵物食品製造商等80家公司組成的「寵物食品工業協會」以日本全國16～69歲約4000名男女爲對象所做的「平成20年度全國貓狗飼養率調查結果」指出，寵物當中有55.3%的狗和47.4%的貓都屬於7歲以上的「中高齡」，和去年調查的狗51.0%、貓45.8%相較，占比都升高，顯示「高齡化」程度日趨顯著。而且其中有3成左右是10歲以上的高齡貓狗。

　　另一方面，自2006年起，15歲以下孩童總人口和貓狗飼養數量開始呈現逆轉。至於寵物飼養數量持續增加的原因，該工業協會舉出幾點，包括「可飼養寵物的公寓大樓增多」「在少子化的情況下，越來越多人疼愛寵物就像疼小孩一樣」「和寵物一起生活的精神上效益逐漸廣爲人知」等等。

①波が押し寄せている：形容事物如波浪般逼近。「押し寄せる」指逼近、湧入

②ペットフードメーカー：pet food maker。寵物食品製造商

③アップして：「アップする」（up）指提升或上升

④すすんでいる：「進む」指往前進，也指惡化

⑤〜を境にして：「〜を境にする」指以〜爲分界點。「境」指分界、交界

大麻経験者10年で2.6倍に——厚労省調査

MP3 014

社会

　15歳以上で大麻を使用したことがある人の割合がこの10年で2.6倍に増加したことが、厚生労働省研究班の調査でわかりました。この調査は1995年から2年に1回、5千人を対象に実施されています。

　15歳以上の人のうち違法薬物を使ったことがある人の割合は、95年の調査では、①シンナーなどの有機溶剤が1.7％、大麻は0.5％、②覚醒剤0.3％でしたが、2005年では、有機溶剤1.5％、覚醒剤0.3％で、この両者はほぼ③横ばいであるのに対し、大麻の使用経験は1.3％で、10年で2.6倍に上昇しています。大麻は、覚醒剤など有害性の高い④麻薬への「⑤ゲート・ウェー（入り口）」になりやすいとされていて、早急な拡大防止策が必要だといえます。

　日本ではこの数年、大学生やスポーツ選手、芸能人らが大麻を吸引したり栽培したりして逮捕される事件が相次いでいて、大きな社会問題になっています。

曾吸食大麻者爲10年前的2.6倍──厚勞省調查

　　厚生勞動省的研究小組調查發現，15歲以上吸食過大麻的人，10年來增爲2.6倍。該調查自1995年起每2年進行1次，調查對象5000人。

　　15歲以上人口中，使用過非法藥品的人的比率，在1995年調查時，稀釋劑等有機溶劑爲1.7%、大麻0.5%、興奮劑0.3%；2005年時有機溶劑爲1.5%、興奮劑0.3%，兩者比率大致持平，但大麻使用者卻增至1.3%，爲10年前的2.6倍。大麻被視爲容易造成進一步使用興奮劑等高危害毒品的「入口」，必須及早設法防止事態擴大。

　　日本這幾年來，大學生或運動選手、演藝人員等因吸食或裁種大麻被捕的事件頻傳，已成爲嚴重的社會問題。

①シンナー：thinner。稀釋劑。用來稀釋濃度的混合溶劑
②覚醒剤（かくせいざい）：興奮劑。刺激中樞神經，抑制睡眠，降低疲勞感的藥物總稱。常用會上癮中毒
③横ばい（よこ）：橫向爬行，也指平穩沒有起伏變化
④麻薬（まやく）：具麻醉作用，會使人上癮的藥品。也泛指毒品
⑤ゲート・ウェー：gateway。入口處、往～的通道

全国で「①オタマジャクシの雨」騒動

MP3
015

　6月、日本各地で「空からオタマジャクシが降ってきた！」という報告が相次ぎ、各メディアが不思議な現象として②取り上げ、大きな話題を呼びました。騒ぎの発端は石川県。ある男性が駐車場で「ポン、ポン、ポン」という音を聞いて振り返ると、小雨に交じってオタマジャクシが降ってきたといいます。それが新聞やテレビなどで取り上げられると、北は東北から南は九州まで、各地で同様の目撃例が報告され、「竜巻が原因か？」「誰かのいたずらでは？」③はたまた「宇宙人の④仕業ではないか？」といった説まで飛び出しました。

　このように一時は大きな騒動にまで発展した「オタマジャクシ現象」ですが、実は鳥が「犯人」らしいことが、専門家の説明で明らかになってきました。⑤サギ類や⑥ウミネコなどの鳥は、⑦田んぼ等の場所でオタマジャクシを捕りますが、巣に持ち帰る途中で口から吐き出してしまうことがあるのだそうです。

全國各地「蝌蚪雨」騷動

6月時日本各地接連傳出「蝌蚪從天而降！」的消息，各媒體大幅報告這個怪現象，引爆熱門話題。事情的開端是在石川縣。有一名男子在停車場聽到「碰、碰、碰」的聲音，轉頭發現蝌蚪伴隨著細雨從天而降。這件事上了報紙和電視後，北從東北，南至九州，各地都傳出有人目擊到相同的情況，「原因可能是龍捲風」「搞不好是有人在惡作劇」，甚至還傳出「說不定是外星人在搞鬼」的說法。

一度演變成大騷動的「蝌蚪現象」，在專家的解釋後，大家才知道原來「犯人」可能是鳥類。因為鷺科或黑尾鷗等鳥類會在農地捕捉蝌蚪，不過在回巢的路上，有時候會從嘴巴裡吐出來。

①オタマジャクシ：蝌蚪，也指圓形湯勺

②取り上げる：提起、提出來作為話題

③はたまた：或者、還是

④仕業：所做的事、勾當。多指不好的作為

⑤サギ類：鷺鷥類

⑥ウミネコ：黑尾鷗。一種中型海鷗。叫聲像貓叫，在日本被稱為「海貓」

⑦田んぼ：水田、稻田

主婦の42%「①へそくり減った」——
サラリーマン世帯の家計調査

MP3
○
016

　サラリーマン世帯の主婦500人を対象に、②損保ジャパンDIY生命が実施した家計についてのアンケートによると、夫の今年の夏の③ボーナス平均④手取額は、前年より約10万円低い65万5,000円で、03年以来最低水準だったことがわかりました。ボーナスが減ったと回答した人の6割が「国内・海外旅行」や「家電製品の購入」をあきらめたり、衣料品のランクを下げたりしたといいます。

　へそくりがある主婦の割合は34.8%（前年41.0%）、平均金額は337万2,000円（⑤同356万3,000円）で、いずれも前年より減少しました。へそくりが「減った」と答えた人は42.5%にのぼり、減った理由については、「不況のため赤字の⑥穴埋めに使った」という解答が最も多く32.4%でした。また「夫の昼食が手作り弁当」という世帯は全体の32.4%で、そのうちの4割強が不況が深刻化した去年から今年の間に「手作り弁当派」に移行したということです。

42%主婦「私房錢變少」──受薪家庭家計調查

　　損保日本DIY壽險以受薪家庭的主婦500人為對象，進行一項關於家計的問卷調查，發現男主人今年夏季獎金的平均淨所得為65萬5千日圓，比去年低了10萬日圓左右，是2003年以來的最低水準。回答獎金縮水的人當中，有6成表示已決定不去「國內外旅行」、不「購買家電產品」、降低購買服飾的品牌等級。

　　有私房錢的主婦比率為34.8%（去年41.0%），平均金額為337萬2千日圓（去年356萬3千日圓），兩者都比去年少。回答私房錢「變少」的人高達42.5%，至於變少的原因，最多人回答「因為不景氣的關係，所以拿去填補赤字」，占32.4%。此外，「丈夫中午吃自家便當」的家庭占整體的32.4%，其中有4成以上是在景氣惡化的去年到今年這段期間，才改成「自家便當派」。

①へそくり：私房錢

②損保ジャパンDIY生命：Sompo Japan（損保日本）旗下的壽險公司。「損保」原指「損害保險」，也就是產險的意思。「生命」則指「生命保險」，即壽險

③ボーナス：bonus。獎金。在日本多半為每年夏季與冬季各發一次

④手取額：扣除稅金及其他經費後的實得金額

⑤同：同、同樣地。這裡指「前年」

⑥穴埋め：原指填補坑洞，引申為填補資金或人員不足的缺口

台風8号が台湾南部を直撃——
50年に1度の大災害に

　8月7日①から8日にかけて台湾に上陸した台風8号（モラコット）によって、台湾南部を中心に、50年に1度といわれる記録的な大災害が発生しました。内政部消防署によると、8月30日現在、死者は571名にのぼり、106名が依然②行方不明のままです。

　嘉義県阿里山の3000ミリをはじめ、高雄県、屏東県、台南県でも6日〜10日の5日間に1年分に相当する量の雨が降ったこと、中央気象局が「台風の規模は中型、北部に上陸し、降雨量は1000ミリ③程度」と予報していたため、適切な準備や避難ができていなかったことなど、これほど大きな被害が出た原因はいくつか挙げられますが、なかでも問題視されたのは、馬英九総統および政府の対応の遅さ・④お粗末さです。国家安全会議が招集されたのは台風上陸から1週間経った14日で、諸外国からの支援⑤申し入れを、当初断っていたことも⑥のちに発覚。馬総統の支持率は20％前後にまで低落しました。

莫拉克颱風直撲台灣南部　造成50年來最大災害

　　8月7日至8日在台灣登陸的莫拉克颱風（第8號），在台灣南部等地造成據說是50年來最嚴重的大災害。內政部消防署表示，截至8月30日為止，死亡人數已攀升至571人，仍有106人下落不明。

　　嘉義縣阿里山降雨3000公釐，高雄縣、屏東縣、台南縣也都在8月6日～10日5天之內，降下相當於1年分的雨量。當時中央氣象局預報說「颱風規模屬中度颱風，會在北部登陸，降雨量約為1000公釐」，使得大家沒有做適當的準備、未能及時避難。這些都是導致重大災情的原因之一，不過其中最受到爭議的，就是馬英九總統及政府的因應太慢、太差。8月14日，颱風登陸1星期後才召開國家安全會議；又被揭發曾經拒絕其他國家提議的援助。馬總統的支持率跌到只剩20%左右。

①～から～にかけて：從～到～。指時間或地點的範圍

②行方不明：失蹤。「行方」指去向、行蹤

③（～）程度：按在名詞或數量後，表示只有～左右

④お粗末さ：欠佳、簡陋、粗糙

⑤申し入れ：提議或請求

⑥のちに（後に）：後來

2年5カ月で51人——
赤ちゃんポスト検証報告書

MP3
018

社会

　熊本市の慈恵病院が設置した赤ちゃんポスト「①こうのとりの②ゆりかご」について、熊本県の③検証会議は11月26日、運用状況に関する報告書の内容を公表しました。「ゆりかご」は、子どもを育てることが困難な親が、匿名で赤ちゃんを託せるポスト状＊の設備で、07年5月に運用が開始されました。

　運用開始以来9月末までに預けられた子どもは51人。電話連絡などで39人の親が判明していますが、今回の報告書では、親が赤ちゃんをポストに入れた理由が初めて公表されました。理由は「生活困窮」や「不倫」「未婚」等さまざまですが、「戸籍に入れたくない」「④世間体が悪い」など、⑤体面を優先した⑥身勝手な理由が全体の約4割ありました。検証会議は「遺棄されて命を落とす新生児を救う」というゆりかごの意義は認めつつも、匿名システムが「倫理観の低下を招いている」として、預けた親の名がわかるよう、実名化の努力を求めています。

2年5個月51人——棄嬰箱檢討報告

　　針對熊本市慈惠醫院設置的嬰棄箱「送子鳥搖籃」，熊本縣的檢討會於11月26日公布實施狀況的報告書。「搖籃」是一種郵筒造型的設備，無法扶養小孩的父母可以匿名托育嬰兒，於2007年5月啓用。

　　啓用至2009年9月底，總計被托育的小孩達51人。透過電話等，聯絡上其中39人的父母。在這次的報告書中，首度公布父母把嬰兒送到棄嬰箱的原因。原因林林總總，包括「生活窮困」「外遇」「未婚」等等，但整體而言，有4成左右都是基於面子優先的自私心態，像「不願讓小孩入戶籍」「有損顏面」等。檢討會肯定「搖籃」的意義，同意它「可拯救遭遺棄而喪命的新生兒」，但同時也指出匿名托育制度「導致倫理觀念淪喪」，要求應設法改爲可得知托育者眞實姓名的方式。

＊設在醫院外牆，可由長45公分寬65公分的小門把嬰兒放進去。箱子內部維持攝氏36度的恆溫。

①こうのとり：鸛鳥。也是北歐民間傳　　　驗探討實施情況）
　說中的送子鳥　　　　　　　　　　④世間体が悪い：不光采、丟臉
②ゆりかご：搖籃　　　　　　　　　　⑤体面：體面、名譽
③検証：驗證、查證。這裡指檢討（檢　　⑥身勝手：自私

「①ひきこもり」全国で約70万人——
内閣府調査

MP3
019

社会

　家や自分の部屋にこもり、ほとんど外出しない「ひきこもり」が全国で推計約70万人いることが、内閣府の②全国実態調査で明らかになりました。

　調査は、全国の15〜39歳の男女を対象に行われました。「普段は家にいるが自分の用事のときだけ外出する」「近所のコンビニなどには出かける」「自室からは出るが、家からは出ない」「自室からほとんど出ない」という状態が6カ月以上続いている「ひきこもり」の人は1.8%で、対象年齢の人口3880万人をもとに③推計すると、約70万人いる計算になります。性別は男性が66%を占め、年齢別では35〜39歳が最も多く23.7%、次いで30〜34歳が22.0%でした。ひきこもりになったきっかけ（複数回答）は「職場に④なじめなかった」と「就職活動がうまくいかなかった」が合わせて44%と、仕事に関することが原因のケースが多く、また「家族に申しわけないと思うことが多い」（71.2%）、「集団の中に⑤溶け込めない」（52.5%）などの不安を抱えている人が多いこともわかりました。

內閣府調查：全國約70萬人「閉門不出」

內閣府的全國現況調查發現，把自己關在家裡或自己房間，幾乎足不出戶的「閉門不出」者，推算全國約有70萬人。

調查的對象是全國15～39歲的男女。「平常都待在家裡，只有要辦自己的事時才外出」「只會去附近的超商」「會走出房間，但不走出家門」「幾乎都不出房間」等情況持續6個月以上的「閉門不出」者達1.8%，以該年齡人口3880萬人來推算，全國約有70萬人。就性別而言，男性佔66%；而以年齡層來說，35～39歲最多，有23.7%，其次是30～34歲的22.0%。至於造成閉門不出的原因（複選），和工作有關的最多，「無法適應職場」和「找不到工作」加起來有44%。此外，「常覺得對不起家人」（71.2%），「無法融入團體」（52.5%）等，顯示很多人都感到不安。

①ひきこもり：「引きこもる」和「こもる」都指閉居家中

②全国実態調査：全國性的現況調查。該調查的正式名稱爲「若者の意識に関する調査（ひきこもりに関する実態調査）」

③推計する：依據部分資料，推算出大約的數量

④なじめなかった：「なじむ」指調和、適應

⑤溶け込めない：「溶け込む」指融合爲一、融入

「史上最も暑い夏」、熱中症は４万６千人

MP3
020

　今年の夏（6〜8月）の平均気温は、北日本（北海道、①東北地方）で2.2度、東日本（②関東甲信、③北陸、④東海地方）で1.8度平年より高く、1946年の統計開始以来、過去最高を記録。「史上最も暑い夏」となったことが気象庁のまとめでわかりました。8月だけで見た場合、北日本で2.6度、東日本で2.2度、西日本（⑤近畿〜九州南部）で2.1度、それぞれ平年より高くなり、いずれも過去最高でした。

　熱中症患者も過去最多を記録。消防庁によると、5月31日から8月29日までの間に、熱中症と見られる症状で病院に救急搬送された人は4万6千人を超え、うち158人が搬送直後に死亡しました。特に多かったのは、高齢者がエアコンをつけず、窓も⑥閉め切った室内で死亡する⑦ケースです。高齢者は暑さやのどの渇きを感じにくいうえ、「体が冷える」などの理由でエアコンをつけずに寝る人が多いためと考えられます。

「史上最熱的夏天」4萬6千人中暑

　　氣象廳彙整資料指出，今年出現「史上最熱的夏天」。今年夏天（6月～8月）的平均氣溫，北日本（北海道及東北地方）比往年高2.2度，東日本（關東甲信、北陸、東海地方）高1.8度，創下1946年開始統計以來的最高紀錄。就8月來看，北日本比往年高出2.6度，東日本高出2.2度，西日本（近畿～九州南部）高2.1度，不但都比往年高，而且都是歷史新高。

　　中暑患者人數也創下歷史新高。據消防廳統計，5月31日至8月29日期間，因疑似中暑症狀而緊急送醫者超過4萬6千人，其中有158人到院後即死亡。高齡者不開空調，在門窗緊閉的室內死亡的情況特別多。有人認為這是因為年紀大的人較不容易感到暑熱及口渴，再加上很多人都因為「畏寒」而不開冷氣睡覺。

①東北地方（とうほく ち ほう）：本州的東北部地區，包括青森、岩手、秋田、宮城、山形、福島六縣
②関東甲信地方（かんとうこうしん ち ほう）：指位於關東平原的關東地方（含東京都及神奈川、千葉、埼玉、茨城、群馬、栃木六縣）與本州中部內陸側的甲信地方（山梨縣及長野縣）
③北陸地方（ほくりく ち ほう）：本州中部臨日本海的地區，即新潟、富山、石川、福井四縣
④東海地方（とうかい ち ほう）：本州中部臨太平洋的地區，包括靜岡縣、愛知縣、三重縣與岐阜縣南部
⑤近畿地方（きんき ち ほう）：本州中西部的地區，包括京都府、大阪府、兵庫縣、奈良縣、和歌山縣、滋賀縣、三重縣等二府五縣
⑥閉め切った（し め き）：「閉め切る」指緊閉、封閉
⑦ケース：情況

100歳以上の所在不明高齢者、全国で少なくとも271人

MP3
021

　全国の①市区町村で、100歳以上の高齢者が②住民基本台帳に登録された住所に実際に住んでいるかどうかを調べたところ、所在不明者の数が271人に上っていることが、厚生労働省の発表でわかりました。

　今年7月、東京都で「最高齢」とされていた111歳の男性が、自宅で③白骨化した状態で発見されるという事件が発生。実は32年前に死亡していたにもかかわらず、家族はその男性の名義で年金を不正に④受給していたことがわかり、問題になりました。それ⑤を機に、全国の市区町村で100歳以上の高齢者を調査したところ、住民基本台帳や戸籍の上では「生存」とされていながら、所在がわからなくなっているケースが次々と見つかりました。長崎県では戸籍上「200歳」となっている男性も発見されました*。

　厚労省の問い合わせに対し、まだ回答していない自治体もあるため、所在不明者の数は今後も増えるとみられています。

49

百歲以上下落不明人瑞　全國至少有271人

　　厚生勞動省調查全國各鄉鎮市區100歲以上人瑞，查看他們是否確實住在國民基本資料冊所登記的地址，結果發現有271人下落不明。

　　今年7月，被認定為東京都「最高齡」的111歲男性，被人發現早已在自家化為白骨。調查發現他32年前即已死亡，但家人卻一直用他的名義盜領年金，引爆問題。政府趁此機會針對全國各鄉鎮市區百歲以上人瑞展開調查，結果陸續發現很多人在國民基本資料或戶籍上登記為「生存」，但實際上卻不知下落。長崎縣還發現一名男性在戶籍資料上高齡「200歲」。

　　還有部分地方政府尚未回覆厚生勞動省的提問，因此下落不明者的人數應該還會再往上攀升。

＊包括這名男性在內，大部分失聯人瑞都是有戶籍但未登記在國民基本資料冊上，所以並未支付年金。但厚生勞動省8月27日表示，若將調查對象降至85歲以上，推算盜領年金的人可能超過800人。

①市区町村：指都道府縣之下的基礎地方公共團體

②住民基本台帳：各地方公共團體以戶為單位編製的戶籍資料冊

③白骨化：化為白骨

④受給：領取

⑤～を機に：趁～機會。「機」指機會、時機

イチロー、10年連続200安打達成——
①大リーグ新記録

MP3
022

社会

②シアトル・マリナーズのイチロー選手（36）が9月23日、10年連続200本安打の大リーグ新記録を達成しました。

敵地トロントで行われた対③ブルージェイズ戦、5回の3打席目で、イチローは今シーズン200本目のヒットを放ちました。観客が④総立ちになり、電光掲示板に「新記録達成」の文字が表示されると、イチローは右手で⑤ヘルメットを取り、2度頭を下げて歓声に応えました。

イチローは昨年、108年前のウィリー・キーラーの記録「8年連続200安打」を破って大リーグ新記録を樹立し、今年はピート・ローズの「通算10回の200安打」の記録に並びました。ファンが今後期待するのは、同じくピート・ローズが持つ「大リーグ通算4256安打」の記録をイチローが⑥打ち破ることです。9月28日現在、イチローの大リーグ通算安打数は2237本で、あと10年間200安打を続ければ、ほぼ⑦並ぶ計算です。「50歳でも⑧現役」と語るイチローなら、不可能ではないかもしれません。

鈴木一朗創美國大聯盟新紀錄——連續10年200支安打

　　西雅圖水手隊的鈴木一朗選手（36歲），在9月23日創下美國大聯盟連續10年200支安打的新紀錄。

　　在敵陣多倫多與藍鳥隊的對抗賽中，第5局第3次上場打擊時，鈴木一朗擊出了本季第200支安打。當所有的觀眾都起立致敬，電子看板也打出「創新紀錄」的字眼時，鈴木一朗右手摘下頭盔，兩度鞠躬回應大家的歡呼。

　　鈴木一朗去年超越了威廉基勒（William Henry Keeler）在108年前創下的連續8年200支以上安打，刷新大聯盟的紀錄，今年又追平了彼德羅斯（Peter Edward Rose）「200支以上安打總計10次」的紀錄。球迷們今後最期待的，就是看到鈴木一朗打破彼德羅斯「大聯盟安打總計4256支」的紀錄。截至9月28日為止，鈴木一朗在大聯盟的安打數總計2237支，如果接下來十年都能維持每年200支以上的安打，差不多就能追平這項計錄。對於曾發下豪語「要打到50歲」的鈴木一朗來說，或許不無可能。

①大（だい）リーグ：美國的職棒大聯盟（Major League Baseball，MLB），其中有國家聯盟與美國聯盟

②シアトル・マリナーズ：Seattle Mariners。西雅圖水手隊。隸屬於美國聯盟西區的職棒隊伍

③ブルージェイズ：Toronto Blue Jays。多倫多藍鳥隊。隸屬於美國聯盟東區的職棒隊伍

④総立（そうだ）ち：全場起立

⑤ヘルメット：helmet。頭盔、安全帽

⑥打（う）ち破（やぶ）る：打破（紀錄）

⑦並（なら）ぶ：比得上、追平

⑧現役（げんえき）：指實際從事某工作的人

クマ出没注意！――全国で被害相次ぐ

MP3
023

社会

　日本各地で、①人里にクマが現れて、人が襲われるケースが相次いでいます。環境省によると、今年4月〜9月のクマ目撃例は7175件（昨年同期の1.7倍）で、死者・負傷者は84人に上ります。10月に入ってからも被害は多発していて、被害者145人を出して過去最悪となった2006年に②迫る勢いです。

　今年クマの出没が増えている直接の原因は、餌になる③ドングリ類が不作だったことです。加えて、07年のドングリが豊作だったため、その翌年に多くの子グマが生まれたことも関係していると見られます。また、里山の林の④手入れが⑤行き届かなくなり、人とクマの生活範囲の境界が曖昧になっていることや、狩猟人口が減少していることも一因です。人に対する警戒心や恐怖心のないクマが増えているといいます。それ以外に、放置される生ゴミや、庭で⑥実ったまま収穫されない柿の実も、クマを山から人里に⑦呼び寄せる原因になっているという見方もあります。

野熊出沒！──全國各地頻傳受害

　　日本各地接連發生黑熊現身村鎮，甚至攻擊人類的案件。據環境省統計，今年4～9月，野熊目擊通報有7175件（去年同期的1.7倍），死傷人數達84人。進入10月後仍不斷有人受害，直追2006年145人受害的歷史紀錄。

　　今年黑熊出沒情況增加，最直接的原因是堅果類產量變少。也有人認為2007年堅果類產量豐碩，隔年有很多小熊出生，也是原因之一。其他原因還包括聚落附近的森林疏於維護，人與熊的生活範圍變得沒有明顯區隔、狩獵人口減少等等。據說有越來越多的熊都對人類沒有警覺、恐懼。除此之外，也有人指出，隨意棄置的廚餘、庭院裡結實而未採收的柿子，這些也是吸引野熊下山的原因。

①人里：人煙聚集之處、聚落

②（～に）迫る：逼近、追上

③ドングリ：橡樹、櫟樹等喬木帶有殼斗的果實

④手入れ：維護整理

⑤行き届かなく：「行き届く」指周到、徹底

⑥実った：「実る」指結實、成熟

⑦呼び寄せる：叫過來、招來

「タイガーマスク運動」――
日本全国に寄付活動広がる

MP3
024

①児童相談所などに、「伊達直人」の名義で、子どもたちが使う物や現金などを寄付する活動が全国に広がっています。伊達直人は約40年前にヒットした漫画・アニメ「タイガーマスク」の主人公の名前で、このことから、これらの活動は「タイガーマスク運動」と呼ばれ、注目を集めています。きっかけは昨年12月25日、群馬県中央児童相談所に、匿名の人物から伊達直人という名義で②ランドセル10個が贈られたことで、それが③マスコミで報道されると、日本各地の施設等に、同じ伊達直人名義でランドセルや文房具、現金や商品券などが贈られる現象が相次ぎました。プレゼントに添えられた手紙などから、贈り主はそれぞれ違う人物であると見られています。

「運動」が始まってから約1ヵ月間で、送られた品物は1000件以上、現金・④金券の総額は3000万円以上に上りました。日本には「⑤善い行い」をすることに⑥照れを感じる人も多く、そのためこのような現象が連鎖的に広がったという見方もあります。

「虎面人運動」──日本全國掀起捐贈風

　　全國各地都出現一種捐贈風潮：以「伊達直人」的名義，捐贈小朋友的用品或現金給兒童諮詢中心等機構。伊達直人是約40年前的一部暢銷漫畫及卡通「虎面人」（Tiger Mask）的主角，所以這些活動就被稱為「虎面人運動」，受到大家的關注。事情的開端是在去年12月25日，群馬縣中央兒童諮詢中心收到匿名人士以伊達直人的名義捐贈10個小學生書包。這件事經媒體披露後，日本各地接連傳出有人同樣以伊達直人的名義捐給社福機構一些小學生書包或文具、現金、禮券等。根據研判，從禮物裡所附的信件等線索看來，捐贈者應該都不是同一人。

　　這個「運動」開始後大約1個月，捐贈的物品已超過1000件，現金、禮券的總額也超過3000萬日圓。有人認為，日本有很多人都覺得不好意思公開「行善」，所以這種現象才會連鎖式地遍地開花。

①児童相談所：基於兒童福利法，設置於各都道府縣的兒童福利專門機構

②ランドセル：小學生專用書包。語源為荷蘭語ransel（軍用背包）

③マスコミ：マス・コミュニケーション（mass communication）。大眾傳播媒體

④金券：在特定地區內可當金錢使用的紙券，包括禮券等

⑤善い行い：符合倫理道德的良善行為

⑥照れを感じる：覺得不好意思、害羞

大相撲で①八百長が発覚

社会

　大相撲で、②親方や力士ら少なくとも14人が、八百長に関与していた疑いがあることがわかり、ファンに衝撃を与えています。警視庁が昨年発覚した野球賭博問題を捜査するために、力士らの携帯電話のメールの内容を調べていたところ、今回の問題が明らかになりました。相撲協会はこれを③受けて、３月に開催予定だった春場所を中止することを決定。不祥事が原因で④本場所が中止されるのは史上初のことです。

　⑤幕下には給料がありませんが、一つ上の十両になると約103万円の月給が出るなど、両者の間に待遇面で大きな格差があり、幕下に落ちたくない十両以上の力士が⑥白星を買っていたということが、問題の背景にあると考えられています。これまで相撲協会は公益法人として、税制面の優遇などを受けてきましたが、場合によっては公益法人の資格が取り消される可能性もあり、相撲界はまさに存亡の危機に立たされています。

職業相撲驚爆比賽作假

　　職業相撲傳出在比賽中作假，至少有14名相撲協會幹部及力士涉嫌，讓相撲迷都震驚不已。東京都警視廳為了偵辦去年爆發的職棒簽賭問題，過濾力士們的手機簡訊內容，意外發現這個問題。相撲協會因此決定暫停原定3月舉行的春季大賽。這是有史以來頭一遭因醜事而中止正式相撲賽事。

　　一般認為問題的背景因素在於：「幕下」沒有薪水，但晉一級變成「十兩」，每月就會有約103萬日圓的薪水。兩者之間待遇相差懸殊，所以才會有十兩以上的力士因為不想掉到「幕下」而花錢買勝利。以往相撲協會屬公益法人，在稅制上有某些優待。如今公益法人的資格可能遭取消，相撲界面臨了生死存亡的關頭。

①八百長：比賽中造假、放水（這個詞據說源自明治時期人稱「八百長」的「八百屋」（蔬果店）老闆「長兵衛」。他常在和顧客下圍棋時故意輸棋來討好顧客。）

②親方：日本相撲協會的核心幹部，主要工作是經營協會及在相撲道館指導後進

③（～を）受けて：受～影響、由於～的緣故，所以…

④本場所：決定相撲力士等級、薪資的正式比賽。一年6次，每次15天

⑤幕下：相撲力士10等級（橫綱、大関、関脇、小結、前頭、十兩、幕下、三段目、序二段、序の口）中的第7等級

⑥白星：相撲比賽中，在得分表上標示勝利的白色圓形記號

高齢者数過去最高、「孤立化」の傾向も――
「高齢社会①白書」

MP3
026

社会

　政府は6月7日の閣議で「平成23年版高齢社会白書」を決定しました。それによると、日本の65歳以上の高齢者人口は年々増えていて、2010年10月現在で過去最高の2958万人となりました。総人口に占める割合は23.1%で、1人の高齢者を2.8人の②現役世代（15～64歳）で支えていることになります。

　一人暮らしの高齢者も男性9.7%、女性19.0%と増加傾向にあり、一人暮らしの男性のうち41.9%の人は「2～3日に1回以下」しか会話をしないなど、高齢者の社会的孤立が進んでいる実態が明らかになりました。また、日本、韓国、アメリカ、ドイツ、スウェーデンの、60歳以上の人を比較した調査で、「同居の家族以外で困ったときに頼れる人は？」という問いに、日本で「友人」と答えた人は17.2%、「近所の人」は18.5%で、5カ国中最低でした。このため白書では、高齢者が③ボランティアなどの活動④をとおして、社会に積極的に参加することを促進する環境づくりが必要だと⑤提言しています。

高齡社會白皮書：高齡人口創新高　有孤立化傾向

　　政府6月7日的內閣會議通過「平成23年版高齡社會白皮書」。其中提到日本65歲以上的高齡人口年年增加，2010年10月時再創新高，達2958萬人，佔總人口的23.1%。15到64歲的勞動人口中，每2.8人就扶養1位高齡者。

　　獨居的高齡者也越來越多，男性9.7%，女性19.0%。而獨居的老先生有41.9%與人交談的次數「兩三天不到一次」，顯示高齡者與社會隔絕的傾向日益嚴重。另外，有一項調查比較日本、韓國、美國、德國及瑞典60歲以上的人，問卷問到「有困難時除了同住的家人之外，還可以拜託誰？」，日本人選「朋友」的有17.2%，選「鄰居」的有18.5%，佔比是5個國家中最低的。因此白皮書提議應建立相關社會機制，促使高齡者透過志工等活動積極參與社會。

①白書：White Book。白皮書。指政府的官方報告，內容包括現況調查及未來施政方針等
②現役：指目前實際從事某工作的人
③ボランティア：volunteer。志工、義工
④（～を）とおして：透過～
⑤提言：提議、建議

サッカー日本女子「①なでしこジャパン」、ワールドカップ初優勝

MP3
027

　6月26日から7月17日の間ドイツで開催されたサッカー女子ワールドカップで、「なでしこジャパン」の愛称で親しまれる日本チームが優勝を②手にし、国中が祝福と歓喜に沸きました。③FIFA（国際サッカー連盟）主催の世界大会で日本が優勝するのは、男女を通じて初めてのことです。

　決勝で日本が対戦したのは、世界ランキング1位のアメリカ。日本が過去一度も勝ったことのない強豪です。試合では延長戦まで、二度アメリカに④リードされましたが、⑤そのつど日本は追いつき、2対2で突入したPK戦の末、みごと初勝利を収めました。選手たちの団結力と、劣勢に立ってもあきらめない⑥粘り強さが、多くの人に感動を与えました。日本は優勝以外に⑦フェアプレー賞を、⑧ミッドフィールダーの澤穂希選手は得点王とMVPを受賞しました。帰国後の記者会見で澤選手は「こんな日が来るとは思っていなかったので、重みのある金メダル。オリンピックで金をとることが今の目標です」と語りました。

日本女足「撫子日本隊」世界盃首度奪冠

　　6月26日至7月17日在德國舉辦的女子世界盃足球賽中，大家暱稱為「撫子日本隊」的日本團隊摘下冠軍，日本舉國歡騰，祝福聲不斷。這是日本包括男足在內，首度在FIFA（國際足球總會）舉辦的世界盃拿到第一名。

　　日本在決賽中對上的是世界排名第一的美國隊，也是日本過去一次都沒贏過的強敵。比賽踢到延長賽，日本隊兩度落後又追平，以2比2進入PK戰，最後成功獲得首度勝利。選手們的團隊精神，以及落居劣勢也不放棄的堅忍毅力，讓許多人都很感動。日本隊除了冠軍之外，還獲頒公平競技獎，中場主將澤穗希則是拿到踢進球最多的「金靴獎」和代表最佳球員的「金球獎」。澤穗希在歸國記者會上表示：「我從沒想過會有這一天，所以這個金牌意義格外深重。現在的目標是要拿到奧運金牌」。

①なでしこジャパン：2004年日本足球協會公開票選出的日本女足隊暱稱。「なでしこ」又稱「大和撫子（やまとなでしこ）」，用來形容日本女性清秀美麗的樣子

②（～を）手（て）にする：拿在手裡、獲得

③FIFA：Fédération Internationale de Football Association。國際足球總會，總部在瑞士的蘇黎世

④リードされました：「リードする」指在比賽中領先

⑤そのつど：每次、隨時

⑥粘（ねば）り強（づよ）さ：「粘（ねば）り強（づよ）い」指不屈不撓、堅忍不拔

⑦フェアプレー賞（しょう）：Fair Play Award。公平競技獎

⑧ミッドフィールダー：midfielder。中場。足球比賽中，位於前鋒與後衛之間，兼負攻守任務的球員

テレビ・アナログ放送終了、地デジへ完全移行

社会

　1953年に始まったテレビの①アナログ放送が、7月24日の正午に終了し、地上②デジタル放送（地デジ）へ完全に移行されました＊。デジタル化のもっとも大きな利点は、電波が有効利用できることです。電波はテレビやラジオ放送、通信など、さまざまな用途に使用されていますが、使える③周波数帯には限りがあり、携帯電話の普及によって、日本の電波の利用状況は限界に近くなっていました。その点デジタルでは情報を圧縮して送ることができるため、利用する周波数帯がアナログ放送の3分の2で済みます。また、画質や音質がよく、④双方向性機能があることも特徴です。

　　地上デジタル放送を受信するには、⑤UHFアンテナと地デジ対応テレビなどが必要ですが、7月24日の時点で、高齢者世帯を中心に約10万世帯が地デジ未対応と見られています。そのため関係者は、相談窓口を設置し、無料で⑥チューナーを貸し出すなどの対応に追われています。

類比電視停播，全面改爲數位電視

　　1953年開始的類比電視廣播，已於7月24日正午結束，全面改爲無線數位電視廣播。數位化最大的優點，就是能有效運用電波。電波運用於電視及收音機廣播、通訊等各種用途，但可用的頻寬有限，且由於手機的普及，日本的電波使用已接近飽和。就這點來看，數位訊號可以壓縮後再傳輸，所以使用的頻寬只需類比電視的3分之2。它的特色還包括畫質好、音質佳，有互動式功能。

　　要收看無線數位電視，必須要有UHF天線和數位電視機等設備，但據估至7月24日，還有約10萬戶以高齡者爲主的居民無法收看數位電視。因此相關單位急忙設法因應，例如設置諮詢窗口、免費出借接收器等。

＊因東日本大震災受到重創的岩手、宮城、福島三縣，將延至2012年3月底才全面改爲無線數位電視廣播。

①アナログ：analog。類比式的
②デジタル：digital。數位式的
③周波数：頻率（電波、音波等每秒週期性震動的次數）
④双方向：互動（＝「インタラクティブ」interactive）
⑤UHFアンテナ：Ultra High Frequency antenna。超高頻天線
⑥チューナー：tuner。有選台等功能的電視接收器

日本一強盗に入られている牛丼店

MP3
029

　牛丼チェーン「すき家」で強盗事件が①多発しています。警察庁のまとめによると、今年1～9月のあいだに、牛丼チェーン店での強盗事件は全国で71件発生していますが、そのうち9割にあたる63件がすき家で起きています。

　兵庫県などの店舗で強盗を②働き逮捕された少年2人組が「すき家は③狙いやすいとネットに書いてあった」と話したり、京都の店舗を襲い逮捕された男が「金を借りていた④ヤミ金融業者から『すき家は強盗がしやすいらしいから、やれ』と言われ、従った」と供述するなど、すでに同店には「強盗に入りやすい店」というイメージが定着している⑤感さえあります。

　警察庁は、すき家が狙われやすい理由として「夜間の勤務がアルバイト店員1人」「レジが出入り口付近にある」等を挙げ、防犯体制の強化をすき家に要請。また10月25日夜から26日朝にかけては、全国の警察署に指示して、同店に対する⑥抜き打ち検査を実施するなどの対策をとっています。

日本搶案最多的牛肉蓋飯店

日本牛肉蓋飯連鎖店「Sukiya」搶案頻傳。根據警察廳統計，今年1～9月期間，全國的牛肉蓋飯連鎖店遭搶的案件有71件，其中有63件，也就是九成都是在「Sukiya」。

「Sukiya」甚至給人一種印象，就是「容易行搶的店家」，像在兵庫縣等地的店家搶劫被捕的2名同夥少年就提到：「網路上寫說『Sukiya』很好下手」；一名搶京都店家被補的男子也供稱：「借錢給我的地下錢莊叫我『去搶Sukiya，聽說很好搶』，我就照做了」。

警察廳認為「Sukiya」容易成為歹徒下手目標，原因包括「夜間工作人員只有一名工讀生」「收銀機就在門口附近」等等，要求「Sukiya」加強防犯機制。同時也採取其他因應對策，例如在10月25日晚上到26日早上，就下令全國各地警局於對「Sukiya」進行突擊檢查等。

①多発：常發生
②働き：「（〜を）働く」指做壞事
③狙いやすい：「狙う」指瞄準下手
④ヤミ金融：非正規的金融業者、地下銀行
⑤（〜）感さえあります：「感」指感覺、印象。「〜感さえある」指甚至給人〜的印象
⑥抜き打ち検査：突擊檢查

アザラシが埼玉の荒川に出現

MP3
030

　埼玉県志木市を流れる荒川にアザラシが現れました。志木市は10月18日、このアザラシに「志木あらちゃん」と名まえをつけ、特別住民票を①交付しました。あらちゃんが最初に発見されたのは10月の初旬。テレビで報道されて以来、あらちゃんを②一目見ようと、大勢の人が荒川の③河川敷に集まるようになりました。専門家によると、あらちゃんはゴマフアザラシのメスで、推定年齢は3〜5歳ぐらい。ゴマフアザラシはもともと、オホーツク海など北の海に④生息する動物ですが、餌を追いかけているうちに東京湾まで南下し、そのまま海から荒川にのぼってしまったものと見られています。

　首都圏の川では、2002年ごろにもアザラシが出没し、「タマちゃん」と名づけられブームになったことがあります。志木市の商店街では、すでにキャラクターイラストをデザインし、アザラシ型の⑤メンチカツ「あらちゃんメンチ」を売り出すなど、地元の活性化に向けて人気を盛り上げています。

埼玉縣荒川出現海豹

　　埼玉縣志木市荒川出現海豹。志木市10月18日把這隻海豹命名為「志木小荒」，還發給牠一張特別居民證。小荒最早現身是在10月上旬，經電視披露後，荒川就湧進大批人潮，就為了見小荒一面。專家指出，小荒是母的斑海豹，推測年齡在3～5歲。斑海豹原本是生活在鄂霍次克海等北方海域的動物，小荒應該是追著食物，不小心南下到東京灣來，然後再從海裡溯水而上，來到荒川。

　　東京都一帶的河川，在2002年前後也曾出現海豹的蹤跡，當時被取名「小多摩」，轟動一時。現在志木市的商店街已經設計出小荒造型玩偶，還推出海豹造形的炸肉餅「小荒肉餅」等，趁機炒熱人氣，帶動地方繁榮。

①交付：（政府機關）發給
②一目：一眼、稍微看一下
③河川敷：河道（按河川法規定的）河的占有地、河岸

④生息：棲息、生活
⑤メンチカツ：炸絞肉餅。由メンチ（mince，絞肉）＋カツレツ（cutlet，炸肉排）而來

政治・経済

来日外国人の指紋採取がスタート

MP3
032

　日本に入国する16歳以上の外国人に対し、指紋の採取と顔写真の撮影①を義務づける新しい入国審査制度が2007年11月20日から始まりました。②テロリストが日本に入るのを阻止することが最大の目的で、導入はアメリカ③に次いで世界で2番目となります。

　専用の指紋・顔写真④読み取り装置は、全国の空港や海港に、合計約540台設置され、6つの言語による使用方法の説明書きがついています。採取された両手⑤人差し指の指紋は、その場でブラックリストと照合されます。

　新制度導入初日、成田空港には審査を待つ入国者の⑥長蛇の列ができました。「装置の上に人差し指を置くだけなので簡単」「少し時間はかかるが、治安のためならしかたがない」と理解を示す人もいた一方、「早く入国したいのに、1時間半も待たせられて⑦うんざりした」「治安のためかもしれないが、指紋をとられると人権の問題も感じる」と、⑧顔をしかめる人もいました。政府は、採取から照合までの作業を30秒から1分程度で完了し、待ち時間を最長でも20分以内にすることが今後の目標だと言っています。

政治・経済

赴日外國人採指紋規定起跑

　　出入境管理暨難民認定法修訂版自2007年11月20日起開始生效，其中規定入境日本的16歲以上外國人須採指紋並拍大頭照。最主要的目的是爲了防止恐怖分子進入日本。日本是繼美國之後，全世界第二個實施此一制度的國家。

　　全國各機場港口共裝設了540架專用的指紋及相片讀取設備，並附有用6種語言書寫的使用說明。讀取機採集到雙手食指的指紋後，會當場與黑名單進行比對。

　　20日新制度實施的第一天，成田機場入境審查櫃台前排滿了等候審查的入境者。有些人表示能理解：「只要把食指放到機器上就好，簡單得很。我一點也不介意。」「雖然要花一點時間，不過爲了治安也沒辦法。」但也有人面露不豫之色說：「想早點入境，結果居然等了一個半小時，眞受不了。」「或許這是爲了治安著想，可是採指紋還是讓人覺得人權受侵犯。」政府表示今後將設法把採集到比對的作業時間縮短爲30秒至1分鐘左右，等候時間控制在20分鐘內。

①（～を）義務づける：規定必需～
②テロリスト：terrorist，恐怖份子
③（～に）次いで：次於～
④読み取り装置：「読み取る」在此指
　機器讀取並辨識文字及影像等資訊。

⑤人差し指：食指
⑥長蛇の列：長長的隊伍
⑦うんざりする：厭煩、膩
⑧顔をしかめる：皺眉頭表示不悅

日本の楽天と台湾の統一超商が①合弁を発表

MP3 033

政治・経済

　日本最大級のネットショッピングモール「楽天市場」を運営する楽天株式会社が、2007年11月29日、台湾の大手流通業者・統一超商と合弁新会社を設立することを発表しました。

　楽天は1997年の会社設立以降、Eコマース（電子商取引）事業、②ポータル・メディア事業、証券事業などを展開し急成長を遂げた会社で、楽天市場には約1,800万人（06年現在）の利用者がいます。04年には、東北楽天ゴールデンイーグルスを設立し、IT企業として初めてプロ野球団経営に参入したことでも話題になりました。

　楽天の海外進出は今回が初めてですが、最初の海外展開に台湾を選んだ理由について楽天の三木谷浩史社長は「台湾はEコマース市場が非常に伸びていて、親日的なところもある。③物流や④決済の⑤ノウハウを持つ統一超商という強力なパートナーも得た」と語っています。

　新会社の名称は「台湾楽天市場」。資本準備金を含む資本金は日本円に換算して約6億円で、楽天が51％、統一超商が49％を出資します。日本⑥における事業と同じように、台湾国内で小売店舗に出店してもらい出店料収入を得るビジネスモデルで、3年目には3,000店の出店を目指します。

日本樂天與台灣統一超商宣布成立合資公司

經營日本最大網路購物中心「樂天市場」的樂天公司在2007年11月29日宣布，將與台灣大型流通業者統一超商合資成立新公司。

樂天公司自1997年成立以來，便陸續拓展電子商務（e-commerce）、入口網站及媒體、證券等事業，成長速度極快。樂天市場的使用者約有1,800萬人（截至2006年為止）。2004年成立東北樂天金鷹隊，成為第一個跨足經營職棒球團的IT企業，也成為轟動的話題。此外，由於來自台灣的林英傑與林恩宇兩位選手都隸屬於該隊，使得「樂天」的名字在台灣也耳熟能詳。

新公司名為「台灣樂天市場」，含資本準備金（capital reserve）在內的資金換算成日幣約6億日圓，其中樂天出資51%，統一超商49%。經營模式比照日本的樂天市場，在台灣邀請零售商來網站開店，並收取設店費。目前以3年內設店商家達3,000家為目標。

這次是樂天首度進軍海外，至於選定台灣為拓展海外市場第一站的理由，樂天的三木谷浩史社長表示：「台灣的電子商務市場十分蓬勃，又對日本相當友好。還得到了在物流及結帳交易方面有獨到技術獨的統一超商這個強而有力的伙伴。」該公司還規劃將來要推出顧客可從台灣購買日本樂天市場商品，也可從日本購買台灣商品的服務。

①合弁（ごうべん）：為共同推動事業而合作出資；合資

②ポータル・メディア：入口網站（portal site）及媒體（media）。樂天公司該部門主要負責經營入口網站infoseek及樂天部落格等網站

③物流（ぶつりゅう）：生產者至消費者間的物品流通，含包裝、運輸、保管、搬運、資訊等活動

④決済（けっさい）：決算、結帳

⑤ノウハウ：knowhow，專門的技術資訊

⑥～における+〈名〉：在～的

タバコ自販機カード運用開始——
ICカードで成人識別

MP3
034

政治・経済

　自動販売機でタバコを買う人が成人かどうかを識別するICカード「①taspo（タスポ）」の運用が3月1日、鹿児島県と宮崎県でスタートしました。

　日本は自動販売機の数が世界でいちばん多く、売られている商品も多様で、「自販機②大国」といわれています。自販機は確かに便利なものですが、タバコや酒の場合、未成年者でも自由に買うことができるという大きな問題があります。そこで日本たばこ協会など3つの団体が合同で開発したのがこのtaspoです。タバコ自販機のカード読み取り部にこのカードをタッチすると、成人識別が行われます。お金を入れて商品ボタンを押すのは、今までの自販機と同じです。また、taspoには③プリペイドカードの機能もついていて、あらかじめ④電子マネーを入金しておけば、現金がなくても商品を買うことができます。

　今回鹿児島・宮崎両県のタバコ自販機の約95％（1万400台）が成人識別対応になり、今年の7月までに、日本全国のすべてのタバコ自販機51万6,000台に、⑤順次このシステムが導入される予定になっています。

香菸販賣機卡上路——以IC卡辨識成年與否

　　可辨識以自動販賣機購菸者是否成年的IC卡「taspo」，3月1日開始在鹿兒島縣與宮崎縣啓用。

　　日本的自動販賣機台數居世界之冠，所販售的商品種類更是琳瑯滿目，有「販賣機大國」之稱。販賣機的確很方便，可是也有個大問題：未成年人也可任意購買菸酒等商品。因此才會有日本香菸協會等3個團體共同開發出這個taspo。只要把這張卡片貼在香菸販賣機的讀卡機上，就可以辨識成年與否。投錢按商品按鈕的步驟則和以往的販賣機相同。taspo還有儲值卡功能，只要預先存入電子貨幣，不用現金也可以購物。

　　這回鹿兒島和宮崎兩縣約有95%的香菸販賣機（1萬零4百台）已增設辨識成年與否的功能，預計在今年7月底之前，日本全國51萬6千台香菸販賣機都將依序引進這套系統。

①taspo：據說取名自tabako（香菸）passport（護照）的意思
②大国：原指國力強盛的國家，「～大国」指該方面實力強大的國家，如「経済大国」「軍事大国」
③プリペイドカード：prepaid card，預付卡、儲值卡
④電子マネー：electronic money，以電子通訊方式取代現金交易的系統。電子貨幣、電子錢包
⑤順次：依次、依序

日本国内最大の百貨店誕生——
三越と伊勢丹が①統合

MP3
035

政治・経済

　老舗百貨店の三越と伊勢丹が４月１日に経営統合し、国内最大の百貨店グループが誕生しました。百貨店業界は今、少子高齢化などの影響で厳しい経営状況が続いていますが、統合でそれを②乗り切るのが狙いです。

　今から300年以上前、江戸時代の初期に呉服屋として開業した三越は、明治37（1904）年、「デパートメントストア宣言」を行い、日本で最初のデパートとなりました。以来日本を代表するデパートとして発展、エスカレーターや③お子様ランチを日本で最初に取り入れたのも、三越だったといわれています。現在も中高年の富裕層から④根強い支持を受けていますが、近年は経営不振が続いていました。

　伊勢丹も、もともとは明治時代に呉服屋として開業、大正13（1924）年に百貨店形式の販売を始めた⑤老舗です。流行のファッション衣料が商品の中心で、若い世代に人気が高く、経営面では業界の「⑥勝ち組」といわれてきました。今回の統合で、伊勢丹流の販売戦略を三越にも適用し、経営の⑦立て直しを目指すということです。

日本國內最大百貨公司誕生——三越與伊勢丹合併

　　老字號百貨公司三越和伊勢丹於4月1日進行經營統合，成爲日本國內最大的百貨集團。百貨業界在少子高齡化等影響下，面臨長期經營困難的窘境，而兩家公司就是希望藉由統合突破這道難關。

　　在距今三百多年前的江戶時代初期，以和服店起家的三越，在明治37（1904）年進行「百貨公司（department store）宣言」，成爲日本第一家百貨公司。之後一路發展成爲代表日本的百貨公司，據說第一個引進電扶梯和兒童餐的，也是三越百貨。雖然現在仍受到許多中高年富裕階級的死忠擁護，但近幾年經營成效一直低迷不振。

　　伊勢丹也是老字號，它從明治時代的和服店起家，大正13（1924）年開始轉爲百貨公司的銷售模式。伊勢丹的商品以流行服飾爲主，深受年輕人喜愛，在經營方面也被稱爲業界的「成功者」。這次統合後，伊勢丹式的銷售策略也將引進三越，以圖重振經營雄風。

①統合：統一整合
②乗り切る：越過、渡過（難關）
③お子様ランチ：兒童餐
④根強い：根深蒂固，不易動搖的

⑤老舗：老店、老字號
⑥勝ち組：指勝利的一方
⑦立て直し：動詞爲「立て直す」，指重新扶起（搖搖欲墜的事物）

5月から裁判員制度スタート──
①候補者通知に②戸惑いの声多数

MP3
036

政治・経済

　今年（2009年）5月から始まる裁判員制度に向けて、08年11月28日、全国約29万5千人の人に、裁判員候補者に選ばれたことを知らせる通知が発送されました。裁判員制度とは、裁判員が裁判官とともに刑事事件の裁判を行う制度で、裁判員は日本国籍を持つ20歳以上の人の中から③無作為に選出されます。この制度の目的は、一般の人の感覚を裁判に反映すること、司法に対する国民の関心と理解を深めることにあります。

　しかし、裁判員候補者に選ばれた人の中には、戸惑いや重圧を感じる人も少なくないようです。最高裁判所は11月29日から、電話で候補者の疑問に答える④コールセンターを開設しましたが、初日に⑤寄せられた問い合わせの電話は870件で、そのうち約半数が「裁判員を辞退できるのはどのような場合ですか」「仕事が忙しいのですが、辞退できますか」といった「辞退」に関する質問だったということです。

5月起審判員制度起跑——候選人接獲通知多不知所措

　　針對今年（2009年）5月起實施的審判員制度，政府於2008年11月28日將被遴選為審判員候選人的通知寄發給全國約29萬5千人。審判員制度是由審判員和法官一起對刑事案件進行審判的制度；而審判員是由年滿20歲，擁有日本國籍的人當中隨機選出。這項制度的目的是要把一般人的感覺反映在審判上，提昇國民對司法的理解與關心。

　　然而，有不少被選上的審判員候選人似乎都覺得不知所措、壓力沉重。最高法院自11月29日起設立諮詢專線，以電話回答候選人的疑問。第一天就湧入870通詢問電話，其中大約半數都是詢問關於「辭退」的事，例如「什麼情況可以辭退審判員的工作？」「我工作很忙，可不可以辭退？」等等。

①候補者：候選人
②戸惑い：困惑、不知所措
③無作為：「作為」指刻意的施為，「無作為」指未經刻意施為，即任意、隨機的意思
④コールセンター：call center。以電話提供諮詢服務的部門。電話諮詢專線
⑤寄せられた：「寄せる」是把東西集中至某處的意思，這裡指反應、傳達意見

定額給付金の支給がスタート

MP3 037

　定額給付金の支給が３月５日から始まりました。定額給付金は、政府による経済対策の一つで、地方自治体①をとおして日本全国の人に支給されます。台湾の消費券に相当するものですが、日本の場合は現金で、金額は②一人当たり12,000円（65歳以上及び18歳以下は20,000円）です。

　人々の間では、給付金で何を買うかあれこれ③思案する話題が出る一方で、本当に消費刺激策になるのか疑問視する意見も④根強くあります。また、給付のための事務経費の多さに頭を痛める自治体も多いようです。例えば鹿児島県の離島にある十島村では、４割の人が金融機関の口座を持っていません。そのため給付金は⑤フェリーで運び、島の⑥出張所で村民に⑦手渡しされることになり、給付金総額が1,024万円であるのに対し、事務経費は657万円に⑧上るといいます。このほか、住所のないホームレスの人々への支給をどうするかなどの問題もあります。

政治・経済

81

定額給付金開始發放

　　定額給付金3月5日開始發放。定額給付金是政府的經濟對策之一，透過各地方政府發放給日本全國人民。它相當於台灣的消費券，不過日本發放的是現金，金額為每人1萬2千日圓（65歲以上及18歲以下為2萬日圓）。

　　大家熱烈討論該用給付金買什麼才好，同時依然有許多人懷疑它是否能真正刺激消費。也有許多地方政府因發放作業產生鉅額行政費用而頭痛不已。例如位於鹿兒島縣離島上的十島村，當地有4成的人沒有金融機關帳號。因此給付金是用渡輪運到島上的辦事處，親手交給村民。據說發放這筆1,024萬日圓的給付金，行政費用就高達657萬日圓。此外還有一些問題，例如該如何發放給居無定所的街友等等。

①〜をとおして：透過〜、通過〜
②一人当たり〜：每一個人〜
③思案する：動腦筋、想辦法
④根強く：「根強い」根深蒂固的、不易動搖的
⑤フェリー：ferry。渡輪
⑥出張所：政府機關等在派駐地的辦事處
⑦手渡し：面交、親手交付
⑧上る：高達〜

①裁判員裁判　8月3日からスタート

MP3 038

　全国初の裁判員裁判が8月3日、東京地裁でスタートします。裁判員裁判では、殺人や強盗傷害など重大事件を対象に、市民の中から選ばれた6人の裁判員が、3人の裁判官といっしょに、被告の有罪・無罪と刑罰を決めます。

　今回審理されるのは、東京都に住む無職の男（72）が隣人の女性（当時66）を刺殺し、殺人罪で起訴された事件です。被告と弁護側は起訴された内容を認める方針のため、②公判ではおもに刑の重さが焦点になる見込みです。従来③拘置中の被告は、運動着などを着て、手錠と④腰縄をつけられた姿で法廷に入っていました。しかし今回、服装は普段着で、手錠と腰縄は入廷前に外されることになっています。「被告は有罪だろう」という⑤予断を裁判員に与えないための配慮です。

　5月21日に裁判員制度が施行されて以来、これまで対象事件で約300人が起訴されました。8月は東京地裁のほか1件、9月以降に17件の公判日程が決まっています。

政治・経済

審判員審判 8 月 3 日起跑

　　全國首例的審判員審判，8 月 3 日於東京地方法院舉行。審判員審判，是針對殺人及強盜傷害等重大案件，由國民中選出 6 名審判員，與 3 名法官共同決定被告有罪無罪及其刑罰。

　　這次審理的案件，是一名住在東京都的無業男子（72 歲）刺殺隔壁女性（當年 66 歲），以殺人罪被起訴的案件。由於被告與辯護律師都傾向於承認起訴內容，預料在公判時主要焦點會在刑期的輕重。以往羈押中的被告出庭時，都是身著運動服，銬上手銬加腰部牽繩。但這次規定要穿居家服，手銬和腰部牽繩則要在出庭前卸下。這是為了避免讓審判員未審先判，認定「被告一定有罪」。

　　5 月 21 日審判員制度實施以來，至今適用審判員制度的案件中，被起訴者約 300 人。8 月除了東京地院外還有 1 件，9 月後有 17 件案件都已排定公判日期。

①<ruby>裁判員裁判<rt>さいばんいんさいばん</rt></ruby>：針對特定刑事案件，由國民中選出審判員，與法官一起參與審判的日本司法審判制度。與歐美的陪審團制度不盡相同

②<ruby>公判<rt>こうはん</rt></ruby>：公判。在公開的法庭審理判決

③<ruby>拘置<rt>こうち</rt></ruby>：羈押、暫時拘留

④<ruby>腰縄<rt>こしなわ</rt></ruby>：綁在犯人腰部的牽繩

⑤<ruby>予断<rt>よだん</rt></ruby>：預先下判斷、預測

政府、①天下り②斡旋の全面禁止へ

MP3 039

　政府は9月29日の閣議で、国家公務員の天下りを根絶するため、府省庁による天下りの斡旋を全面的に禁止する方針を決めました。天下りとは、国家公務員が退職後、在職していた省庁と関係の深い民間企業や特殊法人に再就職することをいいます。官民の③癒着を④招いて、一部の企業だけが利権を握り公正な競争が妨たげられたり、⑤公金が無駄使いされる原因になっていると考えられています。民主党は衆院選で、「4,500の団体に2万5,000人が天下って、そこに税金が12兆1千億円も流されている」として、この天下りをなくすことを⑥マニフェストに掲げていました。

　出世コースから外れてポストがなくなった官僚が、早期勧奨退職という制度によって役所から退き、斡旋された天下り先に再就職することが、中央省庁の伝統になっていましたが、政府はこの早期勧奨退職を廃止する方針も明らかにしています。ただこれにより、公務員の人件費が膨大になる恐れもあるなど、多くの課題が残されています。

政治・経済

政府全面禁止安排退休官員轉任肥缺

　　政府在9月29日的內閣會議訂定方針，將全面禁止中央政府機關安排退休官員轉任相關民營機構，以杜絕中央官員退休轉任肥缺的問題。退休官員轉任肥缺，是指中央官員在退休後，到跟以往任職單位關係密切的民營企業或特別法人機構二度就業。一般認為這就是導致官商勾結，使部分企業掌握特權，妨礙公平競爭，浪費公帑的原因。民主黨在眾議員選舉時指出「4千500個團體來了2萬5000名空降部隊，耗費國庫12兆1千億圓」，並開出選舉支票，誓言將消除這種退休官員轉任肥缺的情況。

　　升等無望的官員，　可以利用獎勵提前退休的制度，從政府機關退下來，透過安排到民營機構擔任空降部隊，這已經成了中央政府機關的一種傳統。但政府也表示將廢除這種獎勵提前退休的制度。只是這樣也可能會產生許多問題，諸如公務員人事費用大幅增加等等。

①天下り：原指天人下凡，也用來比喻退休政府官員空降至相關民營企業
②斡旋：居中介紹、安排
③癒着：原指個別的身體組織沾黏在一起，引伸為應分離獨立者勾搭在一起，如官商勾結

④（～を）招く：惹起～、導至～
⑤公金：公款、政府的經費
⑥マニフェスト：manifesto。宣言、聲明。也指競選時承諾會做到的選舉支票

日本の貧困率15.7％　①OECDで４番目

MP3
040

　厚生労働省は10月20日、日本の2006年「相対的貧困率」は15.7％で1997年以降で最悪の水準だったことを発表しました。政府が貧困率を算出して公表するのは今回が初めてです。相対的貧困率とは、国民一人一人の所得を順番に並べ、真中の人の所得額（②中央値）を算出し（06年は年間228万円）、所得額がその半分（114万円）に③満たない人の割合です。最近の経済協力開発機構（OECD）のデータでは、貧困率が最も高いのはメキシコの18.4％。④次いでトルコ17.5％、アメリカ17.1％です。日本の貧困率はそれに次ぐ高さで、先進国の中でも貧富の差が⑤際立っていることがわかります（貧困率が最も低いのはデンマークとスウェーデンの5.3％）。長妻昭厚労相は会見で「子ども手当て＊などの政策を実行し、数値を改善していきたい」と述べました。

＊政府が2010年度から実施している制度。15歳以下の子どもの保護者に毎月１万３千円を支給。

日本貧困率15.7%　OECD第4高

　　厚生勞動省10月20日公布日本2006年「相對貧困率」15.7%，爲1997年以來最嚴重的數值。這次是首度由政府計算並公布貧困率。它的計算方式是將全國人民的所得依序排列，計算出正中央者的所得金額（即中位數，2006年爲一年228萬圓），相對貧困率就是所得低於該金額一半（114萬圓）以下的人數佔比。依據經濟合作暨發展組織（OECD）最近的資料，貧困率最高的國家是墨西哥18.4%。其次是土耳其17.5%和美國17.1%。日本的貧困率僅次於這3個國家，顯示在先進國家中，日本的貧富差距格外顯著（貧困率最低的國家是丹麥和瑞典的5.3%）。厚生勞動大臣長妻昭在記者會上表示：「希望推動兒童津貼等政策，以改善這個數字。」

＊日本政府自2010年起實施的制度。每月給付1萬3千圓給15歲以下兒童的監護人。

①OECD（經濟協力開發機構）：Organisation for Economic Co-operation and Development。經濟合作暨發展組織

②中央值：統計用語。中位數，也叫中間數。指由小到大排列的數字中，位於正中央的數字。偶數時則取正中央兩個數字的平均值

③（～に）滿たない：「滿つ」的否定形。不滿～、不夠～。多以否定形式出現，表示肯定時常用「滿ちる」

④次いで：接續詞。接著、其次

⑤際立つ：顯著、顯眼

09年男女①格差報告、日本は75位 ―― ②世界経済フォーラム

MP3 041

　世界経済フォーラムは10月27日、「2009年男女格差報告（Global Gender Gap Report 2009）」を発表しました。報告は世界134カ国を対象に、就業、教育、政治参加などの項目で、男女間にどれだけの格差があるかを指数で表しています。総合③ランキング第1位はアイスランド（前年4位）、2位フィンランド（同2位）、3位ノルウェー（同1位）、4位スウェーデン（同3位）と、北ヨーロッパの国が上位を占めました。日本は75位で、前年の98位からは上昇した④ものの、依然として低い⑤ランクに⑥とどまっています。

　項目別に見ると、「女性国会議員の数」が105位、「女性の大学・専門学校への進学率」が98位など、女性の政治参加や教育面の平等があまり進んでいないと評価されました。経済面でも「男女の賃金格差」が99位、「男女就業者の割合」が83位と低位でしたが、「政府・企業等の女性幹部の数」は6位にランクされました。

世界經濟論壇2009年性別差距報告　日本排名第75

　　世界經濟論壇10月27日公布「2009年性別差距報告（Global Gender Gap Report 2009）」。該報告調查對象為134個國家，以指數標示男女之間在就業、教育、參政等項目上的差距有多大。綜合排名第1的是冰島（去年第4），第2名芬蘭（去年第2），第3名挪威（去年第1），第4名瑞典（去年第3），前幾名都是北歐國家。日本排名75，雖然比去年的98名上升，但名次仍然排在後面。

　　就各項目來看，「女性國會議員人數」排名105，「女性進大學或專門學校就讀的比例」排名98，被評定為女性參政及教育方面的平等仍有待改進。在經濟方面，「男女薪資差異」排名99，「男女就業者比例」排名83，兩者的名次都偏低，不過「政府及企業的女性主管人數」則排在第6名。

①格差：同類事物之間的價格、資格、水準等等的差距

②世界経済フォーラム：World Economic Forum（WEF）。世界經濟論壇。總部設於日內瓦的基金會。每年聚集全世界政商學界領袖級人物開會，討論重大議題

③ランキング：ranking。排名、排行榜

④〜ものの：雖然〜但…

⑤ランク：rank。名次、等級

⑥（〜に）とどまって：停滯不前、止於

初の公開「①事業仕分け」に注目集まる

政府の②行政刷新会議は11月、2010年度の③予算概算要求に無駄がないかどうかを検証する「事業仕分け」を行いました。予算編成が初めて公開の場で行われたことで、国民の注目を集めました。仕分け作業は、各事業の担当者（官庁や自治体の職員等）がその事業の内容を説明し、民主党の議員と民間の有識者などで構成する「仕分け人」チームが、「その事業が本当に必要か」「予算額は妥当か」等を判定します。作業の様子はインターネットで④生中継され、テレビでも連日放送されました。

公開の事業仕分けで政策決定の過程がオープンになったことで、税金がどのような事業に使われるのか、今までどれだけ無駄があったのか、などについて国民が知り、監視する気運が高まった点は評価されました。しかし一方で、科学技術分野でも予算が廃止・縮減される項目が多かったことに対し、主要大学の学長が共同で批判声明を発表するなど、仕分けの内容には各方面から批判的な意見も出ています。

政治・経済

首次預算公審各界關注

　　政府的行政革新會議11月舉辦公開的預算審查會，審核2010年度各單位提出的預算概算是否有浪費公帑的情況。由於預算編列作業是第一次在公開場合舉行，頓時成為國民關注的焦點。預算審查作業，是由各單位負責人（中央及地方機關的職員等）說明單位工作內容，再由民主黨議員與民間有識之士組成的「審查人」團隊判定「該單位是否真有必要存在」「預算額度是否恰當」等。作業過程在網路實況轉播，電視台也每天持續報導。

　　透過公開的預算審查會，將政策決定的過程開誠布公，國民可以得知稅金是用在哪些單位，以前有多少無謂的支出等等，對監視稅金運用的意識升高，這一點普遍獲得肯定。然而審查內容也引起各界的批評，例如在科技類也有許多項目的預算被中止或刪減，多所大學名校校長對此發表聯合聲明譴責。

①事業仕分け：「仕分け」原指分類整理。「事業仕分け」是由「行政刷新会議」主導，針對政府各事業單位的預算進行公開審查的會議

②行政刷新会議：「刷新」指改革更新。「行政刷新会議」為民主黨執政後新設的機構，負責檢討革新政府的行政體系

③予算概算要求：中央機關向財務省提出的下一年度預算的概算

④生中継：實況轉播

経営再建の日航——新会長に①京セラ稲盛氏

MP3
043

　経営再建中の日本航空の新しい会長に、京セラの稲盛和夫名誉会長（78）が就任することが決まりました。稲盛氏は1959年に「京都セラミック（現在の京セラ）」を設立。開業当初の小さな町工場から、売上高1兆円以上の大企業に成長させ、若い企業家にも信奉者が多いといわれています。稲盛氏は運輸業の経験はありませんが、その経営手腕と②カリスマ性が期待されています。高齢のため勤務は週3、4日で、報酬は受け取らないということです。

　日本航空は長年の赤字のため経営が③破綻し、1月19日に④会社更生法の適用を申請。現在、半官半民の⑤ファンドである「企業再生支援機構」の支援を受けながら経営を再建中です。アメリカのデルタ航空、アメリカン航空とそれぞれ提携に向けて話し合いが進められていて、どちらの会社と提携するかは、稲盛氏の意向も踏まえ2月中に最終決定する方針だということです。

政治・経済

日航經營重整──京瓷稻盛和夫任新董事長

　　正在進行經營重整的日本航空公司新董事長，將由京瓷公司的名譽董事長稻盛和夫（78）出任。稻盛和夫於1959年創立「京都陶瓷（現在的京瓷）」，帶領它從剛創業時的一家小工廠，成長爲營業額1兆日圓以上的大企業。據說許多年輕企業家都對他奉若神明。雖然稻盛和夫並沒有經營運輸業的經驗，但大家都對他的經營手腕及領導魅力寄予期待。由於年事已高，據了解他每星期將上班3～4天，且不收取報酬。

　　日本航空因多年虧損導致經營困難，1月19日申請適用企業重整法。目前在民間與官方合資的「企業再生支援機構」基金協助下，著手進行經營重整。美國的達美航空公司與美國航空公司都分別與日航洽談合作計劃。至於會和哪一家公司合作，日航表示將考慮稻盛和夫的意見，於2月底以前做出最終決定。

①京セラ：京瓷集團（KYOCERA）。以精密陶瓷起家的電訊科技大廠。セラミック（ceramic）指陶瓷的

②カリスマ：charisma。超凡的領袖魅力

③破綻する：維持不下去、失敗

④会社更生法：企業重整法。就已瀕窘境而預料有重建可能的股份有限公司，調整其債權人、股東及其他利害關係人的權利義務，以謀求該事業的維持與更生爲目的的法律。「更生」指重生、再生、重新站起來

⑤ファンド：fund。基金

トヨタ大規模①リコール——全世界で800万台

MP3
044

北米、ヨーロッパ、中国、日本などの地域で販売された
トヨタ自動車の製品に、②アクセルや③ブレーキ等の④不具
合がみつかり、同社は大規模なリコールを実施しました。
リコールの台数は全世界で800万台を超え、同社の昨年の
販売台数698万台を上回りました。

リコール対象台数が最も多いのはアメリカで、全世界の
リコール台数の約半数を占めます。アクセル⑤ペダルが元
の位置に戻りにくいなどの欠陥が原因で自動車が暴走する
事故が、昨年から今年にかけて相次いで起こりました。豊
田章男社長は2月23日と24日（現地時間）、アメリカ下
院の公聴会に出席して謝罪し、「会社の急激な拡大路線に
人材の育成が追いつかなかった」ことが、今回の大規模な
リコールにつながったと説明しました。

日本国内でも、⑥ハイブリッド車「プリウス」などの
車種でブレーキがききにくいという問題がみつかり、同社
は2月9日、約22万台を対象とするリコールの届け出をし
ています。

政治・経済

豐田汽車大規模召回　全球達800萬輛

在北美及歐洲、中國、日本等地售出的豐田汽車，發現有油門及煞車等問題，豐田已展開大規模的召回檢修。召回數量全球逾800萬輛，超過豐田去年的銷售總量698萬輛。

召回數量最多的地區是美國，約佔全球召回數量的一半。去年到今年，接連發生多起因油門踏板容易卡住等瑕疵而造成的暴衝意外。豐田章男社長2月23日及24日（當地時間）出席美國眾議院聽證會道歉，解釋發生這次的大規模召回是因為「公司走快速擴充路線，人才培育速度未能趕上」。

日本國內也發現油電混合車「Prius」等車款煞車不靈光的問題。該公司2月9日已申請召回，數量約22萬輛。

①リコール：recall。召回。指生產者公布並收回產品檢修。汽車召回時須向運輸省申請然後通知消費者

②アクセル：アクセレレーター（accelerator。加速裝置。油門）的簡稱

③ブレーキ：brake。制動器、煞車

④不具合（ふぐあい）：問題、缺陷

⑤ペダル：pedal。踏板

⑥ハイブリッド車（しゃ）：hybrid原指混種、融合為一。「ハイブリッド車（しゃ）」是使用兩種以上動力的汽車

政府が「①眠れてる？」呼びかけ——
自殺対策強化②月間

MP3
045

　政府は、例年自殺する人が最も多いことから、3月を「自殺対策強化月間」と定め、自殺防止のための各種③キャンペーンを行うことを発表しました。

　日本の昨年の自殺者数は32,753人（暫定値）で、1998年から12年連続で年間3万人を超えています。欧米の先進諸国と比較しても、日本の自殺死亡率は高い水準にあります。自殺者の4割が40歳代から60歳代の男性で、3月は年度末の決算があるため、毎年この時期に自殺する人が最も多くなると考えられています。強化月間初日の3月1日には、自殺対策を担当する福島消費者・少子化担当大臣らがJR新橋駅前で、「お父さん眠れてる？」と書かれたチラシを配りました。不眠はうつ病・自殺の④サインである場合が多いため、本人や家族に注意を⑤促すのが目的です。

　政府はこのほかにも、⑥ハローワークなどに相談窓口を設け、仕事を失った人たちの相談に乗ることにしています。

政治・経済

自殺防治月　政府呼籲注意睡眠情況

　　例年來3月自殺人數最多，因此政府訂定3月爲「自殺防治月」，宣布將舉辦防止自殺的各種宣導活動。

　　日本去年的自殺人數爲32,753人（暫定值），從1998年起，12年來每年都超過3萬人。和歐美先進國家相比，日本的自殺死亡率偏高。自殺者有4成都是四十幾歲到六十幾歲的男性。專家認爲因爲3月有年度決算，所以每年這段時間自殺的人最多。3月1日自殺防治月首日，負責自殺防治的消費者・少子化對策專任大臣福島瑞穗等人，在JR新橋車站前發送傳單，上面寫著「爸爸睡得好嗎？」。失眠經常是憂鬱症和自殺的警訊，宣傳的目的就是要提醒當事人和家人提高警覺。

　　除此之外，政府也在公共職業安定所等地設置諮詢窗口，提供失業者相關諮詢服務。

①眠れてる：「眠る」的可能形「眠れる」加「ている」。指處於睡得好的狀態
②月間：一個月的時間。尤其是指舉辦某種活動的月份
③キャンペーン：campaign。宣傳活動
④サイン：sign。訊號、徵兆
⑤（～を）促す：促進、促使
⑥ハローワーク：「Hello-Work」，日本職業介紹機關「公共職業安定所」的暱稱

死刑制度①容認85.6％で過去最高に——
内閣府調査

MP3
046

政治・経済

　死刑制度を容認する人の割合が85.6％で、過去最高だったことが、2月6日に内閣府が発表した「基本的法制度に関する世論調査」で明らかになりました。

　「死刑制度に関して、『どんな場合でも死刑は廃止すべきである』、『場合によっては死刑もやむを得ない』という意見があるが、どちらの意見に賛成か」という質問に対して、「場合によってはやむを得ない」と答えた人は85.6％で、「どんな場合でも廃止すべき」の5.7％を大幅に②上回りました。1994年の調査開始以来、死刑を容認する人の割合は最も多くなりました。

　死刑容認の理由については「死刑を廃止すれば被害者や家族の気持ちが③おさまらない」「凶悪な犯罪は命をもって④償うべきだ」「廃止すれば、凶悪な犯罪が増える」という意見が多く、死刑反対の理由では、「⑤生かしておいて罪の償いをさせた方がよい」「裁判に誤りがあったとき、死刑にしてしまうと⑥取り返しがつかない」という意見が多く挙がりました。

內閣府調查　認同死刑制度者85.6%創新高

　　內閣府2月6日公布「基本法律之民意調查」報告，其中認同死刑制度的人佔85.6%，創歷史新高。

　　「關於死刑制度，有『不論任何情況都應廢除死刑』和『有時候死刑是不得不為的』兩種意見，請問你贊成那一種意見?」。對於這個問題，回答「有時候是不得不為」的人佔85.6%，遠超過「不論任何情況都應廢除」的5.7%。1994年開始這項調查以來，這次認同死刑的人比例最高。

　　至於認同死刑的理由，很多人表示：「一旦廢除死刑，被害人和家屬情何以堪」「犯罪手法凶殘的人理應償命」「一旦廢除，凶殘的犯案將會增加」；而反對死刑的理由則多為：「讓他們活著贖罪比較好」「萬一法院誤判，執行死刑後將無法挽回」。

①容認：承認、認可
②上回りました：「上回る」指超過、超出
③おさまらない：「おさまる」指（情緒）平復下來
④償う：賠償、贖罪
⑤生かして：「生かす」指讓～活著
⑥取り返しがつかない：無法挽回。「取り返し」指恢復、挽回

殺人罪時効廃止、①異例の即日施行

MP3
047

殺人罪などの公訴②時効の廃止、延長を③柱とする改正刑事訴訟法と改正刑法が4月27日、衆院本会議で与党と自民、公明両党などの賛成多数で成立し、④即日施行されました。公布には通常約1週間かかり、法律が成立したその日に公布・施行されることは極めて異例ですが、28日の0時にも時効を迎える予定の事件があったことを考慮しての対応でした。

改正法では、殺人、強盗殺人など最高刑が死刑の罪は25年だった時効が廃止され、それ以外の人を死なせた罪についても、時効が基本的に2倍に延長されました。法改正の背景には、凶悪犯罪に対して厳罰を求める世論が高まっていることや、DNA型鑑定などの捜査技術が進んだことがあります。

ただ、増え続ける未解決事件の捜査資料をどう管理するか、捜査にかかわる人員をどう確保するか、時間とともに証言や供述があいまいになって⑤冤罪を⑥生みやすくなるのではないか等、残された課題や問題点も数多くあります。

政治・経済

取消殺人罪追訴時效　破例即日實施

　　以取消或延長殺人罪等追訴權時效為主軸的刑事訴訟法修正案及刑法修正案於4月27日，在執政黨與自民、公明兩黨等多數贊成下通過眾議院院會表決，並自即日起實施。法律的公布通常要1星期，通過表決當天就公布並實施極為罕見。這麼做是因為有個案件的追訴權時效將在28日零時屆滿。

　　修正案中取消了最高處死刑的殺人、搶劫殺人等罪25年的追訴權時效，其他致人於死的犯罪，追訴權時效原則上也都延長為2倍。修法的背景因素為：社會輿論傾向凶殘犯罪應予嚴罰、DNA鑑定等偵辦技術的進步。

　　但仍有許多待解決的課題與問題。例如：未破案件持續增加，偵辦資料該如何管理？如何確保投入偵辦的人力？隨著時間流逝，證詞與供述內容變得曖昧模糊，可能容易造成不白之冤等等。

①異例：沒有先例、破格
②時効：刑法追訴權的有效期間
③柱：其中最重要的人事物
④即日：即日、當天
⑤冤罪：不白之冤
⑥生み：「生む」指產生、製造出

ユニクロと楽天、社内①公用語を英語に「世界企業」目指す

MP3
048

②カジュアル衣料のユニクロとインターネット通販の楽天が、社内の公用語を英語にするという方針を相次いで明らかにしました。両社とも「世界企業」になるために英語は不可欠と判断したためです。

ユニクロは、2012年3月から社内公用語を英語にして、会議や文書などにも英語を使用します。今後は外国人社員の採用も増やし、13年には採用人数1500人の4分の3を外国人にする計画です。人口が減りつつある日本市場は③いずれ④頭打ちになるため、海外出店を加速させる方針で、20年までに売上高を現在の約7倍の5兆円にすると同時に、売上げの海外比率を7割程度に高めたい考えです。

楽天も、2012年度末までに英語をグループの公用語とする方針を表明。現在すでに、幹部会議での発表や資料を英語にするなど、社内の英語化を進めています。現在6カ国で展開している事業を将来は27カ国に広げ、海外での⑤取り扱い高をグループ全体の7割まで引き上げる目標です。

政治・経済

優衣庫與樂天以「世界企業」為目標　定英語為內部共通語

　　休閒服飾優衣庫（Uniqlo）與網路購物樂天，這兩家公司接連表示要以英語為公司內部的共通語。因為兩家公司都認為：要成為「世界級企業」，一定要靠英語。

　　優衣庫表示2012年3月起將以英語為公司內部共通語，開會及文件都要使用英語。今後還會增聘外籍職員，預計2013年新聘人員1500人中，會有4分之3是外國人。人口逐年漸少的日本市場很快就達到飽和，因此他們的方針是加速海外設點，企圖在2020年以前把營業額拉到5兆日圓，成為現在的7倍，同時將營業額中的海外佔比提高為7成左右。樂天也表明會在2012年底以前，設英語為集團內共通語。現在企業內部已逐步英語化，像幹部會議上的發表及資料都是使用英語。他們的目標是把目前橫跨6國的事業版圖擴大為27國，海外營業額在集團中的佔比提高至7成。

①公用語：正式場合指定使用的語言
②カジュアル衣料：休閒服飾。カジュアル＝casual，休閒的、非正式的
③いずれ：不久、遲早
④頭打ち：達到最高點
⑤取り扱い高：營業額、業績

広島①原爆の日——
国連事務総長、米代表ら式典に初②参列

MP3
049

政治・経済

広島・長崎に原爆が投下されてから65年の今年、8月6日広島で行われた平和記念式典に潘基文国連事務総長と、原爆を投下したアメリカの代表としてルース駐日大使が初めて参列しました。これまで国連の代表が平和記念式典に参加しなかったのは、もし参加すれば国連が原爆投下国であるアメリカを非難する③意味合いがあったためと考えられます。しかし昨年オバマ大統領が「核なき世界」を提唱したことで、核兵器④廃絶に向けた気分が高まり、国連事務総長とアメリカ代表の初めての参列が実現しました。また核保有国であるイギリス・フランスの代表も初参列。今回は過去最多の74カ国の代表が式典に出席しました。

しかし、8月9日に長崎で行われた原爆犠牲者慰霊平和祈念式典には、アメリカ代表は「スケジュールの関係で」出席せず、長崎の被爆者からは⑤落胆や怒りの声も聞かれました。

廣島原爆日－聯合國秘書長、美國代表首度列席

　　廣島與長崎被投下原子彈65年後，聯合國秘書長潘基文和投下原子彈的美方代表駐日大使盧斯，今年8月6日首次參加在廣島舉行的和平紀念儀式。以往聯合國從未派代表參加和平紀念儀式，一般認爲是因爲參加意味著聯合國譴責投下原子彈的美國。不過去年歐巴馬總統提倡「無核世界」，廢除核武的情緒高漲，所以才會首次出現聯合國秘書長和美國代表參加的情況。核武持有國英國及法國代表也首度到場。這次有74個國家的代表出席儀式，爲歷年最多。

　　然而8月9日在長崎舉辦的祭悼原爆犧牲者暨和平祈願儀式中，美國代表卻因「行程安排有困難」未出席，許多長崎原爆受害者都表示失望與憤怒。

①原爆：「原子爆弾」（原子彈）的縮　　　③意味合い：含意、意味
　略語　　　　　　　　　　　　　　　　④廃絶：廢除滅絕
②参列：列席、到場參加　　　　　　　　⑤落胆：失望

大阪①地検②特捜部検事、③証拠隠滅容疑で逮捕

MP3
050

　事件の証拠品である④フロッピーディスクのデータを改ざんしたとして、大阪地検特捜部検事が証拠隠滅の容疑で逮捕されました。検察への信頼を大きく揺るがす事態に、日本中が衝撃を受けています。

　昨年、虚偽の証明書を発行した疑いで、厚生労働省の村木厚子元局長と上村勉元⑤係長が逮捕されるという事件がありました※。検察側は「2004年の6月上旬に村木さんが上村被告に指示し、虚偽の証明書を書かせた」と考えていましたが、上村被告が作成した虚偽の証明書が入ったフロッピーの最終更新日時は「04年6月1日」で、検察の考えとの間に矛盾がありました。そのため、大阪地検特捜部の前田恒彦検事は、検察の主張に合うよう、更新日時を「04年6月8日」に書き換えたものと見られています。結果的に問題のフロッピーは公判の証拠品に使われることはありませんでしたが、前田容疑者の2人の上司もデータの改ざんがあったことを知っていた可能性もあり、最高検が現在捜査を進めています。

政治・経済

大阪地檢特偵組檢察官涉嫌湮滅證據被捕

　　大阪地檢署特偵組的檢察官涉嫌湮滅證據，竄改案件中作爲證物的磁片資料。這件事大幅動搖檢察機關的公信力，震撼整個日本。

　　去年發生一起案件：厚生勞動省的前司長村木厚子與前股長上村勉兩人，因涉嫌開立不實證明書而遭到逮捕。檢方研判「村木在2004年6月上旬時下達指示，要被告上村寫不實的證明書」，但存有被告上村所寫不實證明書的磁片，它最後一次修改日期卻是「2004年6月1日」，與檢方的說法產生矛盾。根據調查，大阪地檢特偵組的檢察官前田恒彥爲此把最終修改日期改成「2004年6月8日」，以符合檢方說法。雖然引發問題的磁片最後沒有拿來作爲公開審判時的證物，但嫌犯前田恒彥的兩名上司也極有可能事先得知資料有變造，最高檢察署正在深入調查。

＊前局長村木厚子今年9月獲判無罪。被告上村勉目前正接受公開審判。

①地檢：「地方檢察廳」的簡稱
②特搜部：「特別搜查部」的簡稱。隸屬於日本檢察廳的一個部門，設於東京、大阪和名古屋的地方檢察廳。負責承辦政治家貪污、重大逃漏稅等大規模案件，相當於特偵組

③証拠隠滅：指隱瞞、竄改或銷毀證據。「隠滅」指湮滅或銷毀
④フロッピーディスク：floppy disk。軟式磁碟片
⑤係長：位於課長之下的一種職級。股長

新生羽田空港スタート――
台北便も8年ぶりに就航

MP3
051

政治・経済

新しい①滑走路と国際②ターミナルビルができた羽田空港で、10月31日午前0時4分、サンフランシスコ行き日航機が離陸し、32年ぶりの国際定期便が本格的に復活しました。1978年に成田空港が開港して以降、中華航空以外のすべての国際線が成田へと移転し、羽田空港は長いあいだ国内線専用空港として運用されてきました。2002年には、中華航空とエバー航空も羽田から成田へと移転しました。

今年東京湾の上に羽田空港4本目のD滑走路が完成したことで、発着③枠が大幅に増え、国際空港としての本格的な運用が可能になりました。今後は、都心への近さと、24時間発着可能という④強みを生かして、「国際⑤ハブ空港」機能の強化を目指します。

台北松山空港行きの第一便は午前7時17分に出発。羽田から台湾へ定期便が飛ぶのは8年ぶり、羽田－松山間を飛ぶのは31年ぶりです。この日行われた「羽田－松山線就航記念セレモニー」では、台湾式の獅子舞が披露され、搭乗客を楽しませました。

羽田機場全新出發──8年來首度直飛台北

　　羽田機場新跑道及國際航廈落成，10月31日上午0點4分，日航飛舊金山班機起飛。睽違32年之後，國際定期航班正式復航。1978年成田機場啓用後，除了中華航空之外，所有的國際線都轉往成田。長久以來，羽田機場一直都是國內線專用機場。2002年時，連中華航空和長榮航空也由羽田遷往成田。

　　今年羽田機場在東京灣上架設了第4條跑道（D跑道），航班起降容量大幅增加，足以作爲正式的國際機場使用。它未來的目標是：運用鄰近市中心與可24小時起降等優勢，加強「國際航空樞紐」的功能。

　　第一班飛往台北松山機場的班機在上午7點17分出發。從羽田飛往台灣的定期航班是8年來的第一次，而羽田－松山線則是31年來的第一次。當天的「羽田－松山線首航紀念典禮」上有台式舞獅表演，旅客都看得眉開眼笑。

①滑走路：飛機起降時滑行用的跑道
②ターミナル：terminal。火車、公車的起站、終站，也指航空站
③枠：範圍、限制
④強み：長處、有利條件
⑤ハブ：hub原指（輪）轂，即車輪中心的圓木，引申爲中心之意。「ハブ空港」指航空的樞紐站

日本、GDP世界第3位に転落

MP3 052

政治・経済

2月14日、2010年の日本の①国内総生産（GDP）が発表され、中国のGDPを②下回ったことがわかりました。1968年以来、日本のGDPはアメリカに③次いで世界第2位でしたが、今回初めて第3位になりました。

1月に発表された中国の2010年のGDPは5兆8786億米ドルで、日本の5兆4742億米ドルを4044億ドル上回りました。40年余り保ってきた第2位の座から、第3位に転落したことについて、日本国内では残念だ、寂しいという声が聞かれる一方で、菅首相が「近隣の国々が成長するのは歓迎すべきだ。わが国の経済の発展につなげたい」と④コメントしたように、中国の経済発展が進むことで、今後日本製品の需要が拡大することに期待する見方もあります。

このほか、日本のGDP総額が第3位に落ちたことよりも、「1人当たりのGDPが30年前の水準に戻ってしまっていること」や「ほぼ20年間⑤名目GDPが全く増えていない国は日本だけ」ということのほうが、より大きな問題だと指摘する専門家も少なくありません。

日本GDP跌至世界第三

2月14日，日本公布2010年國內生產毛額（GDP），金額低於中國。自1968年後，日本的GDP向來僅次於美國，位居世界第二，這是第一次變成第三名。

1月公布的中國2010年GDP為5兆8786億美元，比日本的5兆4742億美元高出4044億美元。從維持了四十幾年的第二名寶座跌到第三名，日本國內許多人都覺得很懊惱、失落，不過也有人認為中國加速經濟發展，今後可望擴大對日本產品的需求，像首相菅直人就發表評語說「我們應該歡迎鄰近各國的成長。盼藉此促進我國經濟發展」。

此外，也有不少專家認為：比起日本GDP總額跌到第三名，更嚴重的是「平均每人GDP回到了三十年前的水準」、「二十年來名義GDP幾乎都沒有增加的國家只有日本」。

①国内総生産（こくないそうせいさん）：GDP（gross domestic product），國內生產毛額，又稱國內生產總值。一個國家在國內所生產物品與勞務的市場價值

②（～を）下回る（したまわ）：低於（某個基準）

③（～に）次いで（つ）：緊接在～之後、次於

④コメントした：發表意見、評論

⑤名目GDP：名義GDP，指國內生產的產品和勞務以年價格計算的國內生產毛額。（另有「実質GDP」（じっしつ）（實際GDP）則是排除通貨膨脹等因素後所得的數據。）

ソフトバンク孫正義社長、
自然エネルギー財団設立を発表

MP3
053

　ソフトバンクの孫正義社長（53）は、4月20日民主党の復興①ビジョン会合で講演し、個人の資金10億円を投入して、「自然エネルギー財団」を年内にも設立すると発表しました。講演で孫氏は「原発の発電コストがいちばん安いといわれてきたが、実は誤り。震災後は保険コストや地域対策費も②跳ね上がるため、さらに③割高な発電方法になる。一方で、太陽光発電のコストは急速に低下していて、米国では原子力の発電コストと同じか、それ以下の水準にまで下がってきた」と述べ、財団に世界から100人の科学者を招き、太陽光や風力など、原発に代わる自然エネルギーの研究や政策④提言をしていきたい考えを⑤明らかにしました。

　また孫氏は、東日本大震災の義援金として個人で100億円を寄付するほか、2011年度から引退するまで、ソフトバンク代表としての役員報酬（09年度は約1億800万円）を、震災で両親を亡くした孤児への支援として全額寄付することも発表しています。

政治・経済

軟體銀行總裁孫正義宣布成立自然能源財團法人

　　軟體銀行公司（SoftBank）總裁孫正義（53歲）4月20日在民主黨復興構想會議上進行演講，宣布將投注個人資金10億日圓，最快於年底前成立「自然能源財團法人」。孫正義在演講時提到「大家一直說核能發電的成本最低，其實不然。災變後保險費及地方因應的款項暴漲，使它變成一種昂貴的發電方式。而太陽能發電的成本正快速降低，美國太陽能發電的成本已經降到和核能發電一樣，甚至更低。」他表明該將延攬100名科學家加入財團法人，研究替代核能的太陽能及風力等自然能源，並提出施政建言。

　　孫正義也表示，除了以個人名義捐出100億日圓作為東日本大震災的賑災款項，還會把從2011年度到退休為止，擔任軟體銀行總裁的薪資（2009年度約1億8百萬日圓）全數捐出，以救助因震災失去雙親的孤兒。

①ビジョン：vision。視野，也指對未來的展望

②跳ね上がる：跳起來，引申為急速升高

③割高：（與其他比較的結果）價格偏高

④提言：提出自己的想法、建議

⑤（〜を）明らかにしました：「（〜を）明らかにする」指表明〜

福島第一原発事故
東電「①メルトダウン」認める

MP3
○
054

政治・経済

　東京電力は5月12日、福島第一原子力発電所1号機で、核燃料が溶けて、原子炉②圧力容器の底にたまる「メルトダウン」が起きていたことを認め、24日には、2号機と3号機でも同様にメルトダウンが起きていた可能性があるという分析結果を発表しました。さらに1号機と3号機では、溶けた燃料の一部が、圧力容器から、外側の③格納容器にまで漏れ出し、格納容器の一部が損傷している可能性が高いことも明らかになりました。東京電力は4月17日に「6～9カ月で原子炉を冷温停止状態（原子炉が冷えて安定した状態）にする」という工程表を発表しましたが、想定を上回る深刻な事態が明らかになったことで、作業は当初の予定よりさらに長引くことが予想されます。

　地震から2ヵ月以上経ってようやく最悪の事態が④判明したことに対して、東京電力や政府の状況把握の遅さを非難する声があがると同時に、故意に事実を隠していたのではないかという見方もあります。

福島第一核電廠事故　東電坦承出現「爐心熔毀」

　　東京電力公司5月12日承認：福島第一核電廠的1號機曾發生核燃料熔解後掉在反應爐壓力槽底的「爐心熔毀」現象；24日又公布分析結果指出：2號機與3號機可能也同樣出現爐心熔毀。而1號機和3號機內熔解的燃料，很可能有一些已由壓力槽流到外側的圍阻體，導致圍阻體部分受損。東京電力在4月17日時，曾公布「6至9個月內使反應爐進入冷停機狀態（反應爐降溫穩定下來的狀態）」的工程預定表，但目前已知事態的嚴重性超出預期，預料作業時間會再拉長。

　　地震後過了2個月，如今才得知最糟的情況，許多人批評東京電力及政府掌握情況的速度太慢，也有人質疑他們刻意隱瞞眞相。

①メルトダウン：meltdown。爐心熔毀。另一個非外來語表達方式爲「炉心溶融」。指核子反應爐內部的核燃料因高溫熔化，造成爐心熔解、破損的現象

②圧力容器：內容物壓力大於氣壓的高壓容器。此指核子反應爐的壓力槽

③格納容器：收納機器等的容器或設備。此指存放核子反應爐的圍阻體

④判明：清楚知道

国産旅客機「MRJ」、アジアで初の受注

MP3
○
055

政治・経済

　三菱航空機は6月16日、香港の航空機リース会社・ANIグループ①ホールディングスに、小型旅客機「MRJ」5機を販売する契約を結んだと発表しました。MRJは三菱航空機が現在開発中の、初の国産小型②ジェット機で、③プロペラ機「YS-11」以来、約半世紀ぶりの国産旅客機です。

　日本の航空機産業は、大正時代④から第二次大戦中にかけて、軍用機⑤を中心に研究・開発が進められましたが、戦後は⑥GHQによって、航空機の製造・研究ともに禁止されました。1957年に生産が解禁された後、三菱重工業や富士重工業が航空機産業に⑦参入しましたが、大量生産でコストを抑えることのできる欧米のメーカーに対抗できず、結局民間機産業から撤退。その後は自衛隊の軍用機などに範囲を限って生産していました。

　2002年に開発が始められたMRJは、これまでに全日本空輸から25機、アメリカの航空会社から100機を受注しています。同社は今後もアジアやヨーロッパをはじめ、全世界で⑧売り込みを強化したい考えです。

日製客機MRJ首度接亞洲訂單

　　三菱飛機6月16日宣布與香港飛機租賃公司－ANI集團控股公司簽約，將售出5架小型客機MRJ。MRJ是三菱飛機正在研發的首架日製小型噴射機，也是繼螺旋槳飛機「YS-11」之後，半世紀以來的第一架日製客機。

　　日本的飛機產業在大正時代到二次大戰期間，主要是以軍機的研究、開發為主，但戰後駐日盟軍總部下令禁止從事飛機的製造與研究。1957年解禁後，三菱重工業與富士重工業均投入飛機產業，可惜比不過利用大量生產壓低成本的歐美廠商，最後只好從民用機市場撤退。之後就轉向特定市場，例如生產自衛隊的軍用機。

　　2002年開始研發的MRJ，至今已接到全日空（ANA）25架、美國某航空公司100架的訂單。該公司表示今後將加強攻佔全球市場，包括亞洲與歐洲等地。

①ホールディングス：holdings=holding company。控股公司。指擁有某公司股權，可影響其管理及營運的公司
②ジェット機：噴射引擎（jet engine）飛機
③プロペラ機：螺旋槳（propeller）飛機
④〜から…にかけて：從〜一直到…
⑤〜を中心に：以〜為主
⑥GHQ：General Headquarters的縮寫，駐日盟軍總部
⑦（〜に）参入する：進入某個事業領域
⑧売り込み：推銷

夏の電力不安、何とか①乗り切った——
電力制限解除

MP3
056

経済産業省は 8 月30日、夏の暑さが②峠を越え、需要と供給のバランスに③めどがついたことから、東京電力と東北電力の④管内で実施していた電力使用制限を、予定より早く解除すると発表しました*。今年 7 月 1 日から実施された電力使用制限は、家庭や企業のピーク時の使用電力量を、去年の同じ時期より15%低くすることを目指したもので、工場など⑤大口需要家の違反に対しては、100万円以下の罰金も設定されました。自動車業界では土日に操業して、木曜と金曜を休日にしたり、JR東日本では昼間の運行列車を最大30%減らしたりなど、各業界が節電に努めました。

7 月末の新潟・福島豪雨によって、東北電力の28ヵ所の水力発電所が故障・停止して、東京電力から電力の融通を受けるといった予想外の事態も発生しましたが、この夏は電力使用量が供給能力を超えることは何とか回避できました。しかし、暖房を使う冬にはまた電力不足が予想され、今後も安心はできません。

政治・経済

日本撐過夏季缺電隱憂——停止限電措施

　　經濟產業省8月30日宣布：夏季高溫巔峰已過，供需可望恢復平衡，將提早解除在東京電力及東北電力供電區的用電限制。今年7月1日起實施的限電措施，目標是要把家庭及企業的尖峰用電量降到去年同期的85%，工廠等用電大戶若未達目標，還得交100萬日圓以下的罰款。各行各業都努力設法節約用電，像汽車業改為週六週日上班，週四週五放假；JR東日本鐵道公司減少白天班車，最多減到30%。

　　雖然途中其間曾發生意外——7月底新潟、福島下豪雨，導致東北電力公司28處水力發電廠停機、故障，還向東京電力借電，不過幸好今年夏天總算沒出現用電量超過供電能力的窘境。只是冬季用暖氣可能會再出現電力短缺，還是不能掉以輕心。

＊東京電力供電區原定限電至9月22日，已提早於9月9日解除限電；東北電力供電區則是將東日本大地震災區及7月底新潟、福島豪雨災區的限電措施期間，由原訂9月9日提前至9月2日解除。

①乗り切った：「乗り切る」指度過（困難、危險等）

②峠：山路的最高點，也指事物的最高峰

③めどがついた：「めどがつく」指可預期、預料。「めど」指頭緒、線索

④管内：管轄區域內、轄區

⑤大口需要家：水、電、瓦斯等需求量大者。在用電方面指申請用電每月500度以上者

電力会社に電気を売る——
再生①エネルギー②特措法成立

MP3
057

政治・経済

「再生エネルギー特別措置法」が8月26日、成立しました。この法律は、家庭や企業が太陽光や風力などの再生可能エネルギーによって発電した電気を、電力会社がすべて③買い取るよう義務付けるもので、2012年7月に施行の予定です。同様の制度は、ドイツやスペインなどで導入されています。日本の発電量全体のうち再生可能エネルギーによる電力の割合は、09年で約8.5％程度ですが、制度の導入で20年には12.5％に高まる④見込みです。

　すでにソフトバンク社が大規模太陽光発電所を、地方自治体と⑤連携して建設する計画を示すなど、これからは電気を売る「発電ビジネス」が拡大していく可能性もあります。ただ、買い取り価格をいくらに設定するかが最大の課題で、価格が高すぎれば家庭や企業の電気料金の負担が大きくなり、低ければ再生可能エネルギー発電の導入が⑥進まないという問題があります。また菅首相はこの法案の成立を、⑦退陣の条件の一つにしていました。

賣電給電力公司——再生能源法通過

　　「再生能源特別措施法」於8月26日通過。這項法律規定家庭及企業利用陽光、風力等可再生能源發電所產生的電力，電力公司必須全數購買，預定2012年7月開始實施。德國與西班牙等國也有相同的制度。日本總發電量當中，可再生能源的電力佔比在2009年約8.5%，預估引進該制度後，2020年可提高到12.5%。

　　軟體銀行公司早先已宣布計劃與地方政府合作，建設大規模太陽能發電廠，顯示未來賣電的「發電產業」市場可能越來越大。不過最大的問題在於法定收購價格，價格太高會使家庭及企業電費負擔變重，太低則可再生能源發電將難以推廣。又，菅首相曾以通過這個法案作為自己下台的條件之一。

①エネルギー：源自德語Energie。能量、能源

②特措法：「特別措置法」的簡稱。指為因應某事件而特別制定的法規

③買い取る：收購、購入

④見込み：預期、預估

⑤連携：合作

⑥進まない：「進む」指順利進行

⑦退陣：下台

日本円、史上①最高値を更新

MP3
058

　10月31日のオセアニア②外国為替市場で、円③相場は一時1ドル＝75円32銭を付け、史上最高値を更新しました。このため、日本政府と日本銀行は東京外国為替市場で、円を売ってドルを買う為替介入に④踏み切り、一時1ドル＝79円台まで回復しました。安住淳財務大臣は記者会見で、今の円高は日本の実体経済を反映したものではなく投機的な動きの結果だと述べ、「納得がいくまで介入を続ける」と強調しました。しかし、この円高は欧米など海外の経済不安が主な要因であることから、介入の効果は限定的で、これからも高値が続くと見る市場関係者が少なくありません。

　電機、自動車などの主要企業では、利益予想を⑤下方修正する例が相次ぎました。これまで多くの企業が1ドル＝80円台を前提として収益の計画を立てていましたが、今後70円台が定着した場合、利益が大幅に減少することになります。また輸出産業が海外へ出て行き「日本の産業の空洞化」が進むことも心配されています。

政治・経済

日圓創歷史新高

　　10月31日在大洋洲外匯市場上，日圓價格一度來到1美元對75.32日圓的價位，創下歷史新高。為此，日本政府和日本銀行在東京外匯市場上大舉介入外匯交易，賣出日圓買進美元，使日圓價位一度回復到1美元對79日圓。財務大臣安住淳在記者會上表示，現在日圓上漲並非反應日本的實體經濟活動，而是投機炒作的結果，並強調「會持續介入直到合理為止」。然而這次日圓上漲，主要原因來自於歐美等國外經濟局勢不穩，不少市場人士都認為政府介入的效果有限，日圓仍會維持在高價位。

　　電機、汽車等大企業都紛紛下修獲利預測。以往大部分的企業都是以1美元對80多日圓為前提訂定收益計劃，如果以後1美元對70多日圓成為常態，企業獲利將大幅減少。恐怕也會導致外銷產業出走海外，加速「日本產業的空洞化」。

①最高値（さいたかね）：交易時的最高價⇔最安値（さいやすね）
②外国為替（がいこくかわせ）：外匯
③相場（そうば）：行情。這裡指國際貨幣匯率
④（〜に）踏み切り（ふみきり）：「踏み切る（ふみきる）」指下決心做某事
⑤下方修正（かほうしゅうせい）：向下修正，調降（預估值）

科　学

「牛のフンからバニラ」で
日本人女性イグノーベル賞受賞

MP3
060

「人々を①笑わせ、そして考えさせる研究・業績」に贈られるイグノーベル賞の第17回授賞式が2007年10月4日、アメリカのハーバード大学で催され、牛のフンからバニラの芳香成分を②抽出することに成功した日本の山本麻由さんが化学賞を受賞しました。イグノーベル賞は、ノーベル賞と「卑しい、下品な」という意味の英語"ignoble"を③かけて名づけられた賞で、毎年10月、④風変わりな研究をおこなったり社会的事件などを起こした10の個人やグループに対して贈られます。

科学

今回山本さんが受賞したのは、国立国際医療センター研究所の研究員だった04年に発表した研究で、牛のフンからバニラの芳香成分バニリン（vanillin）を抽出することに成功したというものです。バニリンは香料として、食品や香水等、⑤幅広く利用されており、牛のフンから抽出するバニリンは、バニラ豆から抽出する方法に比べて、コストをおよそ半分におさえることが可能だそうです。

授賞会場では、牛のフンから抽出したバニリンを実際に使用して作ったアイスクリームが⑥振る舞われ、出席者はそれを⑦おそるおそる口に運んでいました。

「用牛糞提煉香草精」日本女性獲頒「搞笑諾貝爾獎」

以「使人發笑並引人深思的研究及成果」爲頒獎對象的「搞笑諾貝爾獎」，2007年10月4日，在美國哈佛大學舉辦第17屆頒獎典禮。來自日本的山本麻由女士，因爲成功地從牛糞提煉出香草的芳香成分而獲頒化學獎。

「搞笑諾貝爾獎」的名字是結合了諾貝爾獎及表示「不光彩、低劣」之意的英語「ignoble」的雙關語，每年10月頒獎給進行與眾不同的研究，以及做出影響社會事件的10個人或團體。

這次山本女士獲獎的，是她2004年在國立國際醫療中心研究所擔任研究員時所發表的研究，她成功地從牛糞裡萃取出香草的芳香成分香草醛（vanillin）。香草醛是一種香料，廣泛使用於冰淇淋等乳製品及巧克力、可可亞，還有香水、洗髮精等製品中。據說用牛糞提煉出來的香草醛，跟用香草豆提煉的方式相比，成本可降至一半左右。

頒獎會場中還提供了眞正用牛糞萃取的香草醛所製造的冰淇淋，與會者都怯怯地把它送進嘴裡。

①笑わせ：「笑う」的使役形。使人發笑
②抽出する：提煉
③かける：利用同音或諧音使一個詞具有多重意義、一語雙關
④風変わりな：與眾不同的
⑤幅広く：廣泛
⑥振る舞われ：「振る舞う」指招待飲食
⑦おそるおそる（恐る恐る）：提心吊膽地、怯怯地

高校生が
「①アレルギーの人でもOK」の卵を開発

MP3
061

今、日本の高校生の開発した鶏卵が「卵アレルギーの人でも食べられる」と話題を呼んでます。

開発したのは、兵庫県立播磨農業高校の生徒たちで、「食べて健康になる卵」を目標に研究を始めました。ニワトリに、納豆や②おからなど、健康によいといわれるさまざまな食材を食べさせてみた結果、③シソと魚粉を混ぜたエサを食べたニワトリの産む卵に、④α-リノレン酸が通常の5倍含まれていることがわかりました。α-リノレン酸は不飽和脂肪酸のひとつで、アレルギーを抑制したり、⑤コレステロール値を下げる効果があるといわれています。またこの卵には、生活習慣病予防に効果があるとされる他の不飽和脂肪酸（DHAやEPA等）も豊富に含まれているということです。

生徒たちはこの卵を「ハリマ夢たまご」と名づけ、近所の住民に試験販売したところ、⑥口コミで徐々に人気が広がりました。昨年の12月からは、阪神百貨店でも販売をスタート、週120個の⑦出荷がすぐに売り切れる大人気商品になりました。卵アレルギーの人やその家族から「卵が食べられるようになった」という感謝の声が続々と寄せられているということです。

科
学

高中生開發「過敏的人也OK」的雞蛋

日本高中生開發出一種「雞蛋過敏的人也可以吃」的雞蛋，成為熱門話題。

開發出這種雞蛋的是兵庫縣立播磨農業高中的學生，他們以「吃了有益健康的雞蛋」為目標展開研究。學生們餵雞吃納豆、豆腐渣等各種據說有益健康的食材，發現吃紫蘇和魚粉的雞所生下來的蛋，α亞麻油酸含量是通常的5倍。α亞麻油酸是一種不飽和脂肪酸，據說有抑制過敏、降低膽固醇的效果。這種雞蛋裡也含有許多其他能預防生活習慣病的不飽和脂肪酸（DHA及EPA等）。

學生們把這種蛋命名為「播磨之夢雞蛋」，向附近的居民進行試賣，大家口耳相傳，逐漸打響名氣。去年12月起開始在阪神百貨公司銷售，成為超級熱門商品，一星期供貨120顆，一下子就被搶購一空。許多雞蛋過敏的人及其家人都紛紛向這些學生表示感謝：「終於能吃雞蛋了」。

①アレルギー：allergy，過敏症
②おから：豆腐渣
③シソ：紫蘇
④α-リノレン酸：α-Linolenic Acid，α亞麻油酸

⑤コレステロール：cholesterol，膽固醇
⑥口コミ：口（嘴巴）＋マスコミ（大眾傳播），指口耳相傳
⑦出荷：（商品）供貨、出貨

「酒飲んで忘れよう」は逆効果！？——
東大教授が①ラットで実験

MP3
062

怖い体験をした後のラットにアルコールを与えると、恐怖の記憶が長く残るという研究結果を、東京大学の松木則夫教授の研究チームが発表しました。

松木教授らは以下の②手順で実験をしました。まず③囲いに入れたラットに④電気ショックを与えます。次の日、ラットを同じ囲いに入れると、電気ショックがなくても、ラットは⑤すくんで動きを止めました。ラットが前の日の怖い体験をまだ覚えているからです。次に、このラットを⑥いったん囲いの外に出して、2つのグループに分け、1つのグループのラットにはアルコールを注射します。その後、⑦ふたたびラットを囲いの中に入れます。

すると、アルコールを注射したグループのラットは、2週間経っても、囲いの中で長い時間すくむ状態が続いたのに対し、注射していないグループはすくむ時間がアルコールグループの約半分まで短くなったそうです。このことから、アルコールには怖い記憶を固定させる作用があると考えられます。

嫌なことがあると、お酒を飲んで忘れようとする人は多いですが、実は逆効果なのかもしれません。

東大研究小組白老鼠實驗發現「想藉酒忘憂」會適得其反!?

　　東京大學松木則夫教授的研究小組宣稱：在白老鼠經歷恐怖體驗後再給予酒精，恐怖的記憶會持續較久的時間。

　　松木教授等人所進行的實驗步驟如下：首先對圍欄裡的白老鼠施以電擊。隔天再把白老鼠放進同一個圍欄時，就算沒有電擊，白老鼠也都縮起身子動也不動。因為白老鼠還記得前一天的恐怖經驗。接下來再把這些白老鼠放到圍欄外，並分成兩組，其中一組施打酒精。之後再把白老鼠放回圍欄內。

　　後來施打酒精的那一組白老鼠在經過2星期後，在圍欄內仍會僵直很長一段時間。但未施打酒精的另一組，身體僵直的時間則縮短為酒精組的一半左右。由此可見，酒精可能會使恐怖的記憶固定在腦中。

　　很多人碰到討厭的事，就會想要喝酒讓自己忘記，但或許其實會適得其反。

①ラット：rat，此指實驗用的白老鼠
②手順：步驟、程序
③囲い：圍欄
④電気ショック：電擊，一種以電流刺激心臟的急救方式
⑤すくんで：「すくむ」指畏縮、因恐懼或緊張而全身僵硬
⑥いったん：一次、暫時
⑦ふたたび：再；再一次

宇宙飛行士の星出さん無事帰還

MP3 063

　日本人宇宙飛行士の星出彰彦さんら7人の①乗組員を乗せた②スペースシャトル・ディスカバリーが14日間の飛行を終え、米東部時間の6月14日午前、アメリカ航空宇宙局（NASA）のケネディ宇宙センターに無事着陸しました。

　現在アメリカ、ロシア、日本、カナダ、およびヨーロッパの国々計15カ国が協力して、「③国際宇宙ステーション（ISS）」の建設を進めています。ISSは地上から約400km離れた④地球周回軌道上に浮かび、地球や宇宙を観測したり、さまざまな研究・実験を行うための施設です。星出さんの主な任務は、日本が製造・保有・運用を担当するISSの実験棟「きぼう」の船内実験室を設置することでした。スペースシャトルに積み込んで宇宙まで運んだ大型バスほどの大きさの実験室を、⑤ロボットアーム（宇宙用遠隔操作ロボット）を使って取り付けるという難しい作業です。帰還後の記者会見で星出さんは「無重力や窓から見た地球の美しさなどは、実際に体感しないとわからない。特に夜明けが素晴らしかった」「人間には適応力がある。宇宙は誰でも行ける場所だと実感した」と、初めて体験した宇宙での感動を語りました。

科学

太空飛行員星出安然歸來

　　載有日本太空飛行員星出彰彥等7名機組員的太空梭發現號（Discovery），在結束14天的飛行後，於美東時間6月14日上午，平安降落在美國航空暨太空總署（NASA）的甘迺迪太空中心。

　　美國與俄國、日本、加拿大及歐洲國家共15國，目前正在合作架設「國際太空站（ISS）」。ISS繞行於距地表約400公里的地球軌道上，是一座用來觀測地球及太空，並進行種種研究、實驗的設施。星出彰彥的主要任務，就是裝設由日本製造、擁有及運用的ISS實驗艙「希望」的艙內實驗室。裝進太空梭送上太空的實驗室，體積相當於一輛大型巴士，而且要用機器手臂（太空遠距操控機器人）來裝設，是一項高難度的作業。

　　在歸來後的記者會上，星出彰彥談到首次太空之旅的感動：「親身經歷過，我才明白什麼叫無重力，還有窗戶中看到的美麗地球。特別是清晨時，真是美極了。」「人類的適應力很強。我確切體會到：太空是人人都可以去的地方」。

①乗組員（のりくみいん）：船或飛機上的工作人員、機組人員
②スペースシャトル：space shuttle，太空梭
③国際宇宙ステーション（こくさいうちゅう）（ISS）：International Space Station，國際太空站
④地球周回軌道（ちきゅうしゅうかいきどう）：「周回（しゅうかい）」指繞著～旋轉，此指環繞地球外側的軌道
⑤ロボットアーム：robot arm，機器手臂、非人形機器

カエルと①イモリの天気予報に下駄が挑戦！？——鳥羽水族館

MP3
064

　三重県の鳥羽水族館で「カエルとイモリの天気予報水槽」が6月1日にオープンしました。カエルとイモリの行動を観察して、翌日の天気を予想するもので、鳥羽水族館では毎年この時期②恒例のイベントになっています。

　予報を担当するのは③アマガエル20匹とイモリ10匹で、午前、午後の1日2回④飼育係が彼らの行動を観察し、翌日の天気を予想します。カエルの場合は目を開けていたり、木に登るなど活発に動いていれば雨、じっとして動かなければ晴れ。イモリの場合は水中にいれば晴れで、水と陸の中間にいれば曇り、陸の上にいれば雨です。また日本には昔から、足で下駄を蹴り上げて、地面に落ちたときに表が出たら晴れ、裏返ったら雨というように、下駄で天気を⑤占う遊びがありますが、鳥羽水族館では、カエル、イモリと並んでこの下駄占いのデータも記録しています。

　6月2日の天気の予想は、カエルが晴れ、イモリは曇り、下駄は晴れで、実際の天気は曇りのち雨。3日の予想はカエル、イモリとも雨、下駄はまた晴れで、実際の天気は雨でした。なかなか順調に予報を行っているカエル・イモリ組に対して、下駄は苦戦している（？）ようです。

科学

木屐向青蛙和蠑螈的天氣預報下戰帖！？——鳥羽水族館

　　三重縣鳥羽水族館內的「青蛙和蠑螈的天氣預報水槽」於6月1日開幕。透過觀察青蛙和蠑螈的行動，來預測隔天的天氣，這已成了鳥羽水族館每年這時期的例行活動。

　　負責預報的是20隻雨蛙和10隻蠑螈，飼育員會在上午及下午，一天觀察牠們的行動兩次，預測隔天的天氣。青蛙如果睜著眼或是爬樹，活動力強表示會下雨；一動也不動則表示晴天。蠑螈待在水裡表示晴天，待在水與陸地交界處表示陰天，上陸則表示會下雨。日本自古以來還有一種用木屐占卜天氣的遊戲：用腳把木屐踢得高高的，木屐掉到地面時正面著地表示晴天，翻面則表示會下雨。鳥羽水族館除了青蛙、蠑螈之外，也紀錄這種木屐占卜的結果。

　　6月2日的天氣預測中，青蛙晴天、蠑螈陰天、木屐晴天，而實際的天氣是多雲轉雨。3日的預測中，青蛙和蠑螈都是雨天，木屐又是晴天，實際的天氣是雨天。青蛙、蠑螈組的預報頗為順利，相較於此，木屐似乎正陷入苦戰（？）。

①イモリ：蠑螈。狀似蜥蜴的兩棲類動物

②恒例（こうれい）：慣例

③アマガエル：雨蛙

④飼育係（しいくがかり）：飼育員。「係」指負責特定工作的人

⑤占う（うらな）：占卜、預測

①クールビズは不経済！？――日本建築学会調査

MP3
065

　夏場にネクタイや上着をなるべく着用しないで、オフィスの冷房を28度以上に設定し、②省エネや地球温暖化防止を図るクールビズ。政府の呼びかけで2005年から始まり、年々広がっていますが、③軽装だけでは暑さで仕事の④能率が落ちて、経済損失につながる可能性もあるという調査結果を、日本建築学会のチームが発表しました。

　例えば、神奈川県の電話交換手100人を対象に１年間かけて行われた調査では、室温が25度から１度上がるごとに作業効率が２％ずつ低下したそうです。チームの田辺新一早稲田大学教授が平均賃金などから試算した結果、設定温度28度で軽装にするだけでは能率が低下するため、6～9月のクールビズ期間中、設定が25度の場合と比べると、オフィス１平方メートル⑤あたり約１万3,000円の経済損失が出るということです。

　しかし冷房の設定温度が高めでも、換気や送風を工夫することで、仕事の能率をさげないようにすることはできます。同学会が東京都内の官庁のオフィスで行った調査では、3～6席に１台の大型扇風機をつけることによって働く人の⑥体感温度が下がり、仕事の能率は維持されたということです。

科学

日本建築學會調查：Cool Biz不經濟!?

　　Cool Biz是指為了節約能源，並防止地球暖化，夏季時儘量不打領帶、不穿外套，把辦公室的冷氣設定在28度以上的活動。2005年起由政府帶頭推動，每年都有越來越多人響應。但日本建築學會的小組調查指出：光是衣著簡便，仍可能因炎熱導致工作效率低落，造成經濟損失。

　　例如在以神奈川縣的電話接線生100人為對象，為期一年的調查發現：室溫由25度起，每上升1度，作業效率就降低2%。調查小組中的早稻田大學教授田邊新一用平均薪資等試算出來的結果顯示：若僅設定溫度為28度，身著輕便服裝，則由於效率降低之故，6～9月的Cool Biz期間和溫度設定在25度時相比，辦公室每1平方公尺約有1萬3千日圓的經濟損失。

　　不過就算冷氣的設定溫度偏高，只要在換氣和送風方面用點巧思，就能避免工作效率低落。該學會在東京都內的政府辦公室所做的調查顯示：每3到6個座位之間裝設1台大型電風扇，就能降低辦公人員的體感溫度，維持工作效率。

①クールビズ：日製英語cool biz。cool取既「涼」又「帥」之意，biz為business的縮寫。一項為環保而推動的涼夏輕裝活動
②省エネ：「省エネルギー」的簡稱。節約能源。「エネルギー」源自於德語Energie
③軽装：輕便的服裝
④能率：（工作的）效率、效能
⑤～あたり：每～（平均）
⑥体感温度：綜合氣溫、風速、濕度、日照等因素計算出來的人體感受溫度

①天然記念物②トキの試験放鳥──
27年ぶりに日本の空へ

MP3 066

日本の特別天然記念物トキ10羽が、9月25日新潟県佐渡島で試験放鳥されました。

トキは③コウノトリ目トキ科の鳥で、もともとは日本、中国、朝鮮半島、台湾など東アジアに広く生息していましたが、19世紀から20世紀にかけて、④乱獲や開発などの原因によって急速に数が減りました。日本では1981年に佐渡島に残った5羽が最後の野生のトキで、その5羽は捕獲され、佐渡トキ保護センターで人工飼育が始められました。当時すでに保護センターで飼育されていた1羽を合わせた計6羽のあいだで、繁殖が試みられましたが、すべて失敗に終わりました。2003年10月に最後の1羽が死亡したことで、日本産のトキは絶滅してしまいました。

しかし、中国から1998年に2羽、2000年に1羽贈呈されたトキによる人工繁殖は順調に進み、2008年9月現在、日本で飼育されるトキは122羽にまで増えました。今回の試験放鳥は、将来トキを野生に復帰させるための試みで、10羽のうち6羽に⑤衛星追跡システム（GPS）発信器を付けて、行動範囲などを調べます。放鳥から数日後には、トキが元気に大空を飛ぶ姿や、山中の草地に入って餌をとる姿も確認されています。

科学

國寶朱鷺試行野放——27年來首次翱翔於日本天空

10隻日本「特別天然紀念物」朱鷺，9月25日於新潟縣佐渡島試行野放。

日本冠朱鷺是鸛形目朱鷺科的鳥類，原本廣泛棲息於日本、中國、朝鮮半島、台灣等東亞地區。19世紀至20世紀期間，由於濫捕及開發等因素，朱鷺數量急劇減少。到了1981年，佐渡島僅存的5隻成了日本最後的野生朱鷺。這5隻被抓到佐渡朱鷺保護中心，開始進行人工飼養。加上當時保護中心收容的1隻朱鷺，共有6隻，雖然曾試過讓牠們繁殖，但最後都宣告失敗。2003年10月最後1隻朱鷺死亡之後，日本產的朱鷺就此絕跡。

不過中國1998年送給日本的2隻朱鷺和2000年的1隻朱鷺，倒是繁殖得相當順利。2008年9月時，日本人工飼養的朱鷺已增至122隻。這次的試行野放，是為了讓朱鷺回歸大自然所做的測試。10隻當中，有6隻裝上全球衛星定位系統（GPS）的發訊器，以便調查牠們的行動範圍等。野放後過幾天，也曾追蹤到朱鷺神采奕奕地在天空中飛翔、在山林草地中覓食的身影。

①天然記念物：文化財產保護法中，認定具高度學術價值的動植物、地質、礦物等。也有部分是由地方公共團體條例所指定

②トキ：日本冠朱鷺

③コウノトリ目：鸛形目

④乱獲：濫捕

⑤衛星追跡システム：全球衛星定位系統（Global Positioning System，GPS）

ノーベル賞受賞者発表――
日本人研究者４氏が受賞

MP3
067

　10月7日にノーベル物理学賞、8日に化学賞の受賞者が発表され、4名の日本人研究者に賞が贈られることがわかりました。食品汚染や金融危機などよくない報道が続くなか、相次ぐうれしいニュースで日本中が祝福ムードに包まれました。

　物理学賞に選ばれたのは南部陽一郎氏（87・米シカゴ大名誉教授・大阪市立大名誉教授）、小林誠氏（64・高エネルギー加速器研究機構名誉教授）、益川敏英氏（68・京都大名誉教授・京都産業大教授）で、3名の物理学賞受賞①枠を日本人研究者が独占する結果になりました（南部氏は現在米国籍）。3氏は、あらゆる物質を形成する基本粒子の研究で先駆的な理論を提唱し、現代の素粒子物理学の基礎を築きました。3氏の研究は、宇宙が何から、どのようにできたのかを解き明かす重要な②カギになります。化学賞に選ばれたのは下村脩氏（80・米ボストン大名誉教授）。下村氏は③オワンクラゲから④緑色蛍光タンパク質（GFP）を分離することに世界で初めて成功しました。蛍光たんぱく質は現在、医学や⑤バイオテクノロジーの分野の研究で広く利用され、医薬品開発などに欠かせない基本的な道具となっています。

科
学

諾貝爾獎得主出爐——日本研究人員4人獲獎

10月7日公布的諾貝爾物理學獎與10月8日的化學獎中，有4位日本研究人員獲獎。在食品污染及金融危機的負面報導中，接連出現這樣的好消息，讓全日本都洋溢著祝福的氣氛。

獲頒物理學獎的是南部陽一郎（87歲，美國芝加哥大學名譽教授、大阪市立大學名譽教授）、小林誠（64歲，高能加速器研究機構名譽教授）、益川敏英（68歲，京都大學名譽教授、京都產業大學教授）。物理學獎的名額全由日本研究人員包辦（南部陽一郎目前為美國籍）。3人在構成所有物質的基本粒子研究方面，倡導理論先驅，建構了現代基本粒子物理學的基礎。他們的研究成為解析宇宙來源、形成方式的重要關鍵。化學獎得主是下村脩（80歲，美國波士頓大學名譽教授）。下村脩是全世界第一個成功自碗水母體內分離出綠螢光蛋白的人。現在螢光蛋白已廣泛應用於醫學及生物科技等領域的研究，成為開發醫藥品不可或缺的基本工具。

①枠：（規定的）範圍、名額

②カギ：鑰匙，引伸為「關鍵」之意

③オワンクラゲ：碗水母。水螅綱的一種水母狀無脊椎動物。外形像倒過來的碗，受刺激時生殖腺會發出綠白色的光

④綠色螢光タンパク質：Fluorescent Protein，GFP。綠螢光蛋白。一種生物性螢光物質

⑤バイオテクノロジー：biotechnology。生物科技

伝説の名牛、①クローンでよみがえる──
死後13年の冷凍細胞から

MP3
068

　高級黒毛和牛として有名な飛騨牛の「元祖」といわれ、1993年に死んだ②種雄牛「安福号」のクローンが誕生していたことが、1月6日明らかになりました。安福号は肉質の良い子孫をつくる遺伝子を持っていて、現在の飛騨牛の多くが安福号の③血を引いているといいます。

　「クローン安福号」を誕生させることに成功したのは近畿大学と岐阜県畜産研究所の共同研究で、零下80度で冷凍保存されていた安福号の④精巣から、細胞を採取して未受精卵に核を移植、その卵子を別のメス牛に移して妊娠させました。これまでに4頭の子牛が誕生しましたが、⑤うち2頭はすでに死亡、現在残っているのは、生後1年と生後5ヵ月の2頭です。

　クローン牛は国内でこれまでにも500頭以上生まれましたが、いずれも生きている牛の⑥体細胞が使われたのに対し、今回は死後13年の冷凍保存細胞が使われた点で画期的だといいます。

科学

143

冷凍細胞複製成功　傳說中名牛死後13年復活

　　號稱知名日本高級黑牛——飛驒牛的「始祖」，已於1993年死亡的種牛「安福號」，1月6日正式宣布複製成功。據說安福號具有生出上等肉質後代的基因，現在的飛驒牛大多都承襲安福號的血脈。

　　「安福號複製牛」的誕生，是在近畿大學與岐阜縣畜產研究所的共同研究下，自零下80度冷凍保存的安福號睪丸中取出細胞，將細胞核移植到未受精卵中，再把這個卵子移至其他母牛體內，使其受孕。到目前為止生了4頭小牛，但其中有2頭已死亡，存活下來的是1歲和5個月的2頭小牛。

　　日本國內至今已有超過500頭以上的複製牛，不過全都是使用活牛的體細胞。而這次使用的是死亡13年的冷凍保存細胞，可以說是劃時代的成果。

①クローン：無性繁殖。複製品
②種雄牛：配種繁殖用的公牛
③血を引いて：「血を引く」指承襲血脈、血統
④精巣：雄性動物的生殖腺，用以製造

精子，分泌雄性賀爾蒙，又稱睪丸
⑤うち：「＝そのうち」其中
⑥体細胞：體細胞。生物體內細胞中，除生殖細胞之外的其他細胞總稱

頭で考えただけで動くロボット——
ホンダの共同研究チームが開発

MP3
069

　人間が体を動かさなくても、頭で考えたとおりにロボットが仕事や家事をしてくれる——そんな時代がもうすぐやってくるかもしれません。日本の研究チームが、人間の脳の動きを①計測し、ロボットを動かす技術の開発に成功しました。

科学

　新技術を開発したのは、ホンダ子会社のホンダ・リサーチ・インスティチュート・ジャパン、国際電気通信基礎技術研究所、島津製作所の共同研究チームです。装置を使う人は、頭に②ヘルメット型の③センサーをかぶって「右手を上げる」「足を動かす」といった動作をイメージします。装置は脳の中で起こった電流と血流の変化を計測・解析し、その結果を無線でロボットに伝えます。④するとロボットがそのとおりに手や足を動かします。現在はまだ、4種類の動作に限られるなど基礎研究のレベルですが、将来は⑤リモコンを使わずに⑥念じるだけで「お手伝いしてくれるロボット」などへの応用を考えているということです。

會讀心術的機器人——本田共同研究小組研發成果

　　你不必動到身體，機器人就會照你腦中所想的去工作或做家事——這種時代或許就快到了。日本的研究小組成功開發出一種可以測量人類腦部動作，並操作機器人的技術。

　　研發出這種新技術的，是本田集團旗下的日本本田研究所（Honda Research Institute Japan Co.,Ltd.）、國際電力通訊基礎技術研究所、島津製作所等共同研究小組。操作裝置者戴上頭盔式感應器，並在腦中描繪「舉右手」「動腳」等動作。這個裝置會測量並分析腦部電流與血流的變化，並將結果無線傳輸到機器人身上。這麼一來機器人就會照人所想的去動手或動腳。現在還在基礎研究階段，能做的只有4種動作，不過據說該小組正研擬未來運用這種技術，開發出不必用遙控器，只要在心裡默唸就能操作的「家事機器人」之類。

①計測し：使用機器測量
②ヘルメット：helmet。頭盔、安全帽
③センサー：sensor。感應器
④すると～：這麼一來、結果～

⑤リモコン：「リモート-コントロール（remote control）」的縮略。遙控。也指遙控器
⑥念じる：在心中默禱、默唸

お酒に①弱い人、
飲酒・喫煙で食道がんの②リスク190倍に

MP3
070

　お酒に弱い体質の人が飲酒と喫煙をすると、食道がんになるリスクが最大190倍も高くなることが、東京大学の中村祐輔教授らの研究でわかりました。

　お酒を飲むと、③アルコールは体内の④酵素の働きで⑤アセトアルデヒドになり、アセトアルデヒドはさらに別の酵素によって無害な⑥酢酸に変わります。アセトアルデヒドは人体に有害な物質で、お酒を飲んで顔が赤くなったり気分が悪くなるのはこの物質が原因です。中村教授らは、食道がんの患者1,070人と健常者2,832人で、遺伝子の違いを比較。アルコールを代謝する2種類の酵素の働きが弱いと、食道がんになりやすいということを明らかにしました。飲酒・喫煙の影響についても調べたところ、二つの酵素の働きが弱い人（お酒に弱い人）が、1日缶ビール1本以上の飲酒と喫煙をすると、お酒に強く飲酒・喫煙をしない人に比べ、食道がんのリスクが190倍も高くなるということです。

科学

不擅飲酒者抽菸喝酒　罹患食道癌機率達190倍

　　東京大學中村祐輔教授等人研究發現，體質不擅飲酒的人一旦抽菸喝酒，罹患食道癌的機率最高可達190倍。

　　喝酒之後，酒精會在體內酵素的運作下轉化爲乙醛，乙醛再經由其他酵素轉變成無害的乙酸。乙醛是一種對人體有害的物質，它是喝酒後臉紅反胃的元凶。中村教授等人針對食道癌患者1,070人和健康的2,832人進行基因比較，發現2種代謝酒精的酵素活動力低的人，較容易罹患食道癌。而在調查抽菸喝酒的影響時，還發現2種酵素活動力低的人（不擅飲酒的人）如果每天喝1瓶以上的罐裝啤酒外加抽菸，和酒量好但不抽菸不喝酒的人相比，罹患食道癌的機率高達190倍。

①（〜に）弱い：指禁不起、應付不來　　⑤アセトアルデヒド：acetaldehyde。
②リスク：風險、危險　　　　　　　　　乙醛
③アルコール：alcohol。酒精　　　　　⑥酢酸：乙酸、醋酸
④酵素：酵素

公共自転車でCO2削減——環境省実験

MP3 071

　環境省は今年の10〜12月、東京・丸の内のビジネス街で、公共自転車①レンタルシステムの実験を行うことを明らかにしました。自動車の利用を減らして、CO2などの②温室効果ガスを削減するための試みです。

　実験では、300メートルごとに③駐輪ポートを5か所設置し、計50台の自転車を配備。利用者は借りた自転車をどのポートに返してもかまいません。料金は初回登録料1,000円を払えば、30分以内は無料で、30分以降は10分ごと、3時間以降は5分ごとに100円かかります。放置や盗難防止のため、1日を超えると、自転車に相当する金額がカードから④引き落とされる⑤仕組みです。

　環境省が⑥手本にしたのは、フランスの公共自転車システム。パリでは現在約1,500か所の無人駐輪ポートに2万台が設置されており、市民や観光客の手軽な足になっています。パリ市内では、07年7月のサービス開始から1年間で、自動車交通量が約6％減ったということです。

科学

環境省實驗──公共自行車減碳

環境省宣布今年10～12月，會在東京丸之內辦公大樓區，進行公共自行車出租制度的實驗。這個嘗試，是希望減少使用汽車，以降低二氧化碳等溫室效應氣體。

這項實驗會設置5個腳踏車停車處，彼此間隔300公尺，總計配備50輛自行車。使用者可以把租來的自行車歸還至任何一個停車處。費用是首次註冊費1000日圓，之後30分鐘內免費，30分鐘以上每10分鐘100日圓，3小時以上每5分鐘100日圓。為了預防隨意棄置或偷車，該系統設定租用超過1天，就會從信用卡中扣繳相當於一輛自行車的金額。

環境省這項實驗，是以法國的公共自行車制度為範本。巴黎現在約有1500處無人自行車停車處，配有2萬輛自行車，成為市民及觀光客方便的代步工具。據了解，2007年7月起巴黎市內開始這項服務後，1年內汽車交通量減少了6%。

①レンタルシステム：rental system。短期出租制度

②温室効果ガス：溫室效應氣體，又稱溫室氣體

③駐輪ポート：「ポート」（port）指港口、停泊處。此指自行車停車點。「駐輪」指停自行車或摩托車

④引き落とす：指從帳戶等中扣款

⑤仕組み：結構、系統

⑥手本：榜樣、範本

いっぱい食べても太らない！――
京大教授ら脂肪抑える化合物発見

細胞内で脂肪がつくられるのを抑制する効果がある物質を、京都大学の上杉志成教授らの研究チームが発見しました。実用化されれば、①メタボリックシンドロームの治療に役立つことも②期待できます。

この物質に抗がん作用があることはわかっていましたが、研究チームは今回、この物質が脂肪を合成する遺伝子の働きを阻害することを発見し、ファトスタチン（Fatostatin）と命名しました。実験で、太りやすい遺伝子を持つ③マウスを、2つのグループに分けて、過剰な量の餌を与え続けたところ、ファトスタチンを4週間注射したマウスは、注射しないマウスに比べて、体重が12%少ないという結果になりました。また注射なしのマウスは糖尿病や④脂肪肝の状態になっていたのに対し、注射したマウスはほぼ健康体でした。上杉教授は「今後、人体への安全性を確かめ、糖尿病などの薬剤の開発に⑤つなげたい」としています。

科学

大吃大喝也不會變胖！——京都大學教授發現抑制脂肪的化合物

　　京都大學上杉志成教授的研究團隊發現一種物質，它可以抑制細胞內脂肪的生成。實用化之後，預期將有助於代謝症候群的治療。

　　這種物質之前已被發現具有抗癌作用，研究團隊這次發現：它會妨礙合成脂肪的基因進行運作，並將之命名爲Fatostatin。他們實驗時，把具有發胖基因的老鼠分成兩組，均持續餵食過量的飼料。結果發現：連續4週注射Fatostatin的老鼠，和未注射的老鼠相比，體重少了12%。而且未注射的老鼠都有糖尿病或脂肪肝，有注射的老鼠則大致都很健康。上杉教授表示：「未來在確認對人體安全無虞之後，希望能運用在糖尿病等疾病的藥物開發方面」。

①メタボリックシンドローム：metabolic syndrome。也簡稱爲「メタボ」。新陳代謝症候群。指內臟脂肪過多，易導致血糖、血壓、血脂肪過高

②期待できます：「期待できる」指有可能、有希望

③マウス：mouse。在此指實驗用的小老鼠

④脂肪肝：指肝臟內蓄積過量脂肪的狀態

⑤（～に）つなげる：使兩者連接起來。在此指將該化合物連結（運用）到藥物的開發方面

日本人宇宙飛行士野口さん、①ソユーズで宇宙へ

MP3
073

　野口聡一さん（44）ら日米露3人の宇宙飛行士を乗せたロシアのソユーズが12月21日、ロシアの②バイコヌール宇宙基地から打ち上げられました。3人は2010年5月まで③国際宇宙ステーション（ISS）に滞在します。日本人がISSに長期滞在するのは、今年3〜7月の若田光一さんに次いで2人目です。

　これまで日本人宇宙飛行士のほとんどは、ソユーズではなく、アメリカのスペースシャトルに乗っていました。シャトルが定員5〜7名で、ISS建設のための資材などが運べるのに対し、ソユーズは定員3名と比較的小型で、その分運用コストが低く④すむため、ISSへ人だけを運ぶ場合は、現在このソユーズが使われています。野口さんは今回の搭乗のためにロシア語を学ぶとともに、ソユーズの操縦資格も取りました。これから5ヵ月の滞在の間に、ISSの維持管理と、さまざまな科学実験や自分の体を使った医学実験などを行います。

科学

日本太空人野口聰一搭聯合號上太空

　　野口聰一（44）等來自日美俄的3名太空人，12月21日搭乘俄國聯合號太空船，從俄國的貝康諾太空中心發射升空。3人將在國際太空站（ISS）待到2010年5月。他是繼今年（2009年）3～7月的若田光一之後，第2名長駐ISS的日本人。

　　日本太空人幾乎都沒搭過聯合號，而是搭美國的太空船。美國太空船是5～7人座，可搬運建設ISS所需的材料；聯合號則是3人座的小型機，相對運送成本較低，所以現在單純送人到ISS時，都是使用聯合號。為了這次的航行，野口聰一不但學習俄語，也取得了聯合號的駕駛資格。在接下來5個月的停留期間，他將負責維持ISS的運作，並進行各種科學實驗，以及用自己身體所做的醫學實驗等。

①ソユーズ：俄語Союз，英譯為Soyuz，意思指團結、聯合、同盟。指俄羅斯研發的「聯合號」系列太空船

②バイコヌール宇宙基地：貝康諾（Baikonur）太空中心，位於哈薩克斯坦共和國中部的貝康諾。貝康諾為俄國的租借地

③国際宇宙ステーション（ISS）：全名為International Space Station，國際太空站。由美、俄、日、加及歐洲太空總署（ESA，European Space Agency）部分成員國合作建設的太空站。位於地球的近地軌道（Low Earth Orbit）上，觀測地球及太空情況，並利用太空環境進行各種研究與實驗

④すむ：解決、能對付。「コストが低くすむ」是成本可以較低

世界初、ウナギ完全養殖に成功

　水産総合研究センターは４月８日、人工①孵化したウナギから取り出した精子と卵子を使って、さらに次の世代を人工孵化させる「完全養殖」に世界で初めて成功したことを発表しました。現在の養殖ウナギは、近海や河口で天然の②稚魚を捕獲して育てるのが一般的ですが、その捕獲量はこの40年で10分の１に減少していて、世界的にも数が減っているといわれます。完全養殖でウナギの量産が実現すれば、ウナギを安定した価格で生産することができ、水産資源の保護にも役立つと期待されています。

　ウナギの生態は現在でも謎が多く、人工的に孵化させた稚魚を、卵が産める③親魚にまで成長させることが難しかったといいます。同センターはウナギに適したエサを開発して、孵化後２～５年間育てることに成功しました。また、原因は不明ですが、人工孵化したウナギはほとんどがオスになります。そこで同センターは④ホルモン⑤投与で一部をメスにして成熟させたということです。

科学

世界首例成功全程養殖鰻魚

　　水產綜合研究中心4月8日宣稱他們把從人工孵化的鰻魚身上取出的精子與卵子結合，再以人工孵化出下一代，完成世界首例的「全程養殖」。現在的鰻魚養殖，通常都是在近海或河口捕撈天然魚苗來養。但據了解捕獲量已降到40年前的10分之1，全世界的捕獲量都持續下滑。若能透過全程養殖進行鰻魚的量產，就能以穩定的價格生產鰻魚，並可望有助於保護水產資源。

　　鰻魚的生態至今仍存有許多謎團，據說人工孵化的魚苗以前都很難養到成為能產卵的成魚。該中心開發出適合鰻魚的飼料，成功地讓鰻魚孵化後再養2～5年。此外，不知何故，人工孵化的鰻魚幾乎都是雄魚。因此水產綜合研究中心是透過添加賀爾蒙的方式，把一部分變性為雌魚來養。

①孵化した：孵化
②稚魚：成長到可辨識種類的幼魚。魚苗
③親魚：成長到可以生小魚的成魚
④ホルモン：hormone。賀爾蒙、激素
⑤投与：投藥、施予

伊藤園・資生堂、動物実験廃止を決定

MP3
075

　飲料大手の伊藤園が今年4月末で動物実験を廃止し、化粧品大手の資生堂も来年3月までに自社での動物実験をやめる予定であることがわかりました。背景には欧米における動物愛護の世論や規制があります。

　伊藤園は、輸出先であるアメリカの動物愛護団体と話し合い、現地の飲料大手2社も動物実験を廃止したことなどから、廃止に①踏み切りました。緑茶に含まれる②カテキンの有効性を検証する際などに、これまでは主にラットで実験していましたが、今後は人の細胞などを使うということです。資生堂も、自社での動物実験を来年3月までに廃止し、③外注の動物実験も2013年3月までに廃止する方針です。資生堂は11％がEU市場での売り上げですが、そのEUでは昨年3月から、化粧品やその原料の動物実験を全面禁止しています。

　現在日本では、動物実験に反対する風潮が欧米ほど高まってはいませんが、2社の今回の決定は日本企業の今後の④動向に影響を与えそうです。

科学

伊藤園、資生堂決定廢除動物實驗

　　飲料大廠伊藤園將於今年4月底廢除動物實驗，而化妝品大廠資生堂也預定在明年3月以前廢除公司內部的動物實驗。原因包括了歐美保護動物的輿論與限制。

　　伊藤園與外銷地美國的保護動物團體協商，考慮到美國兩家大飲料公司都已廢除動物實驗，因此也決定廢除。像要驗證綠茶中兒茶素的效用時，以前主要都是用白老鼠做實驗，據說今後將改用人體細胞等做實驗。資生堂也預定在明年3月以前廢除公司內部的動物實驗，外包的動物實驗也將於2013年3月以前終止。資生堂有11%的營業額來自歐盟市場，而歐盟已於去年3月起全面禁止化妝品及其原料使用動物實驗。

　　現在日本反對動物實驗的聲浪還沒有歐美那麼強烈，不過這回這兩家公司的決定，或許會影響日本企業今後的動向。

①踏み切りました：「踏み切る」是下
　定決心做～
②カテキン：catechin。兒茶素
③外注：外包、委由外部業者承包
④動向：事態發展的趨向

①抗生物質が効かない「②多剤耐性菌」、院内感染が多発

MP3
076

　東京の帝京大病院で60人近くの入院患者が、多くの抗生物質が効かない「多剤耐性③アシネトバクター」に感染していたことがわかりました。病院内での情報の共有や保健所への報告など、対策が遅れたことが被害の拡大を招いたと見られます。また帝京大病院以外にも、全国の複数の病院でアシネトバクターの感染が広がっていたことが発覚しました。

　アシネトバクターはもともと土や水の中など身近に存在する菌で、健康な人が感染する心配はありませんが、免疫力が落ちた患者の場合、重症に④陥ることもあります。多剤耐性の性質を持ったアシネトバクターは、以前は海外から転院してきた患者によって日本国内に持ち込まれることがほとんどでしたが、今回は多くの人が国内で感染していることから、菌がすでに国内に⑤定着した可能性も指摘されています。またこのほか、より強力な新型多剤耐性菌＊も日本の病院で⑥見つかっています。

科学

抗生素殺不死的「多重抗藥性細菌」　院內感染頻傳

東京的帝京大學附設醫院傳出院內感染，有將近60名住院病人感染到許多抗生素都殺不死的「多重抗藥性不動桿菌」。專家指出，由於醫院內的資訊流通與通報衛生局等因應措拖太慢，才導致災情擴大。除了帝京大學醫院以外，全國還有多處醫院也都傳出不動桿菌傳染的案例。

不動桿菌原本就存在於我們周遭的土壤和水中，健康的人不必擔心被傳染，但是免疫力低的病人一旦被傳梁可能就很嚴重。專家也指出：具有多重抗藥性的不動桿菌，以前幾乎都是由國外轉院回來的病人帶回日本國內，但這次很多人都是在國內被傳染，可見這種細菌可能已經在日本落地生根了。除此之外，日本的醫院還發現了威力比這更強的新型多重抗藥性細菌。

＊被認定源自印度，具有NDM1酵素的細菌。有NDM1酵素的，都是像大腸菌等健康人類也可能感染的細菌，所以更有可能造成大規模的傳染。

①抗生物質：抗生素
②多剤耐性菌：多重抗藥性。指微生物或細菌對多種藥物具有抗藥性
③アシネトバクター：指不動桿菌屬

（Acinetobacter）的細菌
④（〜に）陥る：陷入（困境等）
⑤定着：固定下來、落腳
⑥見つかって：「見つかる」。被發現

①生物多様性条約COP10、名古屋で開催

「生物の多様性に関する条約（生物多様性条約）」の第10回締約国会議（COP10）が、10月11日から30日、名古屋市で開かれました。生物や環境に関する国際条約としては、稀少な野生動植物の取引を規制する「②ワシントン条約」や、湿地の生態系を守るための「③ラムサール条約」などがありますが、生物多様性条約は、特定の動植物や地域の保護だけでは、地球上の多様な生物とその生息地を保全できないという考えから、1992年に④採択されました。

COP10は当初、29日夜に閉幕する予定でしたが、資源を多く保有する途上国と、主に利用する立場の先進国のあいだで主張が対立して話し合いが⑤長引いたため、30日未明まで会期が延長されました。先進国の企業はこれまで、途上国原産の動植物を利用して医薬品や食料品を製造してきましたが、今回、その利益を途上国にどう配分するかの基本ルールなどが定められました。

科学

生物多樣性公約COP10於名古屋召開

　　「關於生物多樣性之公約（生物多樣性公約）」第10屆締約國會議
（COP10），於10月11日至30日在名古屋市舉行。關於生物與環境的國
際公約，有限制瀕臨絕種野生動物植買賣的「華盛頓公約」，還有以保
育濕地生態體系爲宗旨的「拉姆薩爾公約」等等；生物多樣性公約則是
考慮到僅保育特定動植物或地區，無法保全地球上多樣的生物及其棲息
地，而在1992年簽訂的。

　　COP10原本預定在29日晚上閉幕，但擁有多數資源的開發中國家和大
多扮演利用者角色的已開發國家，兩者之間主張對立，討論時間拉長，
結果會期延到30日凌晨才結束。一直以來，已開發國家的企業都是利用
開發中國家所產的動植物來製造醫藥及食品，這次會議就針對如何與開
發中國家分享其中的獲利，訂定出一套基本規則。

①生物多樣性条約COP10：第10屆生
物多樣性國際會議。COP是國際會議
「the Conference of the Parties」的縮
寫
②ワシントン条約：指1973年於美國華
盛頓簽訂的「瀕臨絕種野生動植物國

際貿易公約」
③ラムサール条約：指1971年在伊朗拉
姆薩爾簽訂的「國際重要濕地公約－
特指水鳥棲息地」
④採択：（於會議等）通過
⑤長引いた：比預定花費更久的時間

「ヘビ怖い」は本能！？——
京大研究チームが実験

MP3
○
078

　「ヘビを怖がるのは人間の本能」という説を①裏付けるデータを、京都大学の正高信男教授の研究チームが発表しました。

　実験では３歳児20人、４歳児34人、大人20人に９枚の写真を見せました。花の写真８枚とヘビの写真１枚の中からヘビを見つける時間と、逆にヘビ８枚と花１枚の中から花を見つける時間を比べた②ところ、どの年齢でも、ヘビを③見つける時間が花を見つける時間より短かいという結果が出ました。首を持ち上げるなど攻撃姿勢をとったヘビの写真は、より速く見つけることができました。④ゴムホースやクモ、ムカデの写真で同じように実験しても、花の写真と時間の差はなかったため、細長いものや気持ち悪いものに反応しているわけではないといいます。実験に参加した３歳児と４歳児は実物のヘビを見たことがないため、人間がヘビを怖がるのは、経験ではなく本能によると考えられ、狩猟・採集をしていた時代の⑤習性が残った結果だと推測できるということです。

科学

「怕蛇」是一種本能!?——京大研究團隊進行實驗

　　京都大學正高信男教授的研究團隊發表研究資料，證明「怕蛇是人類本能」的說法。

　　他們進行實驗，讓20名3歲小孩、34名4歲小孩、20名成人看9張照片。比較在8張花和1張蛇的照片中發現蛇的時間，和8張蛇1張花的照片中找到花的時間，結果發現：不論年齡大小，找到蛇的時間都比找到花的時間來得短。尤其是蛇昂首吐信，呈現攻擊姿勢的照片，找到的時間更短。他們也用橡膠水管和蜘蛛、蜈蚣的照片進行相同的實驗，結果和花的照片所費時間相同，因此認為並不是對細長或噁心的東西有反應。研究團隊表示：參加實驗的3歲小孩和4歲小孩從未看過真正的蛇，因此認為人類怕蛇是基於本能而非經驗，推測這是由於人類還留有狩獵、採集時代的習性。

①裏付ける：以證據或資料數據證明

②（〜た）ところ：結果（發現、得知…）

③見つける：找到、發現

④ゴムホース：橡膠軟管。gom（橡膠。荷蘭語）＋hose（軟管。英語）

⑤習性：某些動物特有的行為

生産効率従来の10倍
「石油」をつくる藻類発見

MP3
○
079

筑波大学の渡邉信教授らの研究チームが、「石油」をつくる藻類の中で、生産能力が従来の10倍以上のタイプのものを沖縄の海で発見しました。

研究チームは、海水や泥の中にすむ「オーランチオキトリウム」という単細胞の藻類を国内外の海から採取し、性質を比較しました。その結果、沖縄で採取したものが、①オイルの生産能力がもっとも高いことがわかりました。

オーランチオキトリウムは、直径0.005〜0.015ミリほどで、水中の有機物を栄養分にして、重油とほぼ同じ成分の②炭化水素を作り出します。これまで知られていた藻類と比べて、10〜12倍の量の炭化水素を作ることができるといいます。

研究チームの試算によると、約2万③ヘクタールの施設があれば、日本の年間石油輸入量に相当する量を生産でき、大規模培養した場合、生産コストは1リットル④当たり50円程度に⑤抑えられるということです。将来的には、⑥生活排水を処理しながら石油を生産するという構想もあります。

科学

生產效率達10倍　提煉「石油」海藻新發現

筑波大學教授渡邊信等人組成的研究團隊，在沖繩海域發現一種海藻。它的產能是以往提煉「石油」藻類的10倍以上。

有一種生長在海水和泥巴裡的單細胞藻類，叫作「aurantiochytrium」。研究團隊從國內外各海域採集來，並比較其性質，發現在沖繩採集到的藻株產油能力最高。「aurantiochytrium」直徑約0.005～0.015毫米，以水裡的有機物為養分，可以提煉出和重油差不多成分的碳氫化合物。據說和目前所知的其他藻類相比，它提煉出的碳氫化合物可達10～12倍。

根據研究團隊的試算，約2萬公頃的設施，即可提煉出相當於日本全年石油輸入量的油；若能大規模培養，還可將生產成本降至每公升50日圓左右。他們還構思未來要在生產石油的同時，一併處理家庭污水。

①オイル：oil。油
②炭化水素：碳氫化合物
③ヘクタール：公頃
④～当たり：平均、每～
⑤（～に）抑えられる：「抑える」指

壓、控制、遏止
⑥生活排水：指生活中沐浴、洗衣、烹飪等產生的污水。家庭汙水、生活污水

「絶滅」した魚が生きていた！──
田沢湖の「クニマス」、西湖で見つかる

MP3
080

　もともと秋田県の田沢湖だけに①生息し、1940年代に絶滅したと思われていたサケ科の淡水魚・クニマスが、山梨県の西湖で生息していることがわかりました。

　発見のきっかけは、長年クニマスを研究してきた京都大学の中坊徹次教授が、②タレント・③イラストレーターで東京海洋大学客員准教授のさかなクンに、クニマスの絵を描いてほしいと依頼したことでした。さかなクンは参考のために、各地からクニマスの近縁種・ヒメマスを取り寄せましたが、西湖から送られてきた魚の中に、本物のクニマスが交じっていたのです。

　40年代、近くに発電所が建設されたことなどが原因で、田沢湖の水質が酸性化し、クニマスは姿を消しました。しかしその少し前の30年代に、クニマスの受精卵を日本各地の湖に④放流した人たちがいて、それが西湖で繁殖していたものと見られています。秋田県は田沢湖の水質を改善して、クニマスを「⑤里帰り」させることを計画しているということです。

科学

「絕種」魚並未絕種！　田澤湖「國鱒」現身西湖

原本只生長在秋田縣田澤湖，公認已於1940年代絕種的鮭魚科淡水魚「國鱒」，被發現生長在山梨縣的西湖。

發現國鱒的機緣來自於：有一次，長年研究國鱒的京都大學中坊徹次教授委請藝人兼插畫家，也是東京海洋大學客座副教授的「魚君」（本名宮澤正之）畫一幅國鱒的圖。魚君從各地找來國鱒的近似種—紅鱒作參考，結果從西湖送來的魚裡面，就夾雜著眞的國鱒。

1940年代，田澤湖因爲附近蓋發電廠，導致水質酸化，國鱒消失殆盡。不過在那之前不久的1930年代，有人把國鱒的受精卵送到日本各地湖泊放養，據判那就是在西湖繁衍下來的國鱒。秋田縣表示正計劃改善田澤湖的水質，迎接國鱒「回娘家」。

①生息し：棲息、繁殖
②タレント：talent。（演藝界的）明星
③イラストレーター：illustrator。插圖
畫家
④放流：指放魚苗入河、海中
⑤里帰り：返鄉、回娘家

日本人女性は痩せ過ぎ！？——
専門家から①懸念の声も

MP3
081

「メタボリックシンドローム」という言葉が浸透し、太り過ぎに注意する人が増えてきました。しかし一方で、日本の女性では「やせ」の人の割合が増加し、それに②ともなう健康問題も懸念されることから、専門家が注意を呼びかけています。

BMI＊1が18.5未満の「やせ」の女性の比率は、先進国の中で日本が③突出して高く＊2、近年その傾向がさらに強まっているといいます。厚生労働省の最近の調査では、20年前と比べると、特に30〜40代の女性で「やせ」の割合が増加している＊3こともわかりました。痩せるために低栄養状態を長く続けると、貧血や骨粗しょう症を引き起こしたり、妊婦の場合は2500グラム未満の低体重児を出産するリスクも高くなります。低体重児は将来、肥満、糖尿病、高血圧などの生活習慣病になりやすいといわれています。また過度な「やせ願望」を持つこと自体にも、鬱傾向や過食などを招く危険性があるということです。

科学

日本女性過瘦!? 專家也表示憂心

「代謝症候群」一詞深植人心，越來越多人都很留意不要過胖。但另一方面，專家也呼籲大家要注意：日本女性中「過瘦」的比率上升，伴隨而來的健康問題令人憂心。

BMI值低於18.5的「體重過輕」女性佔比，日本在先進國家中遙遙領先，近幾年這種傾向又更加明顯。根據厚生勞動省最近的調查，與20年前相比，三、四十歲女性「體重過輕」者比率上升情形尤其顯著。為了減重而長期處於低營養狀態，會引發貧血或骨質疏鬆症，孕婦生出不到2500公克低體重新生兒的風險也會增加。低體重新生兒據說將來很容易出現過胖、糖尿病、高血壓等生活習慣病。而過度「想變瘦」的想法，也可能導致憂鬱傾向或過食等問題。

*1 BMI＝體重(kg)÷身高(m)^2 日本肥胖學會定義：低於18.5為「過輕」，高於18.5低於25.0為「正常」，25.0以上為「過重」。

*2 依據2009年日本的國民健康營養調查，女性BMI低於18.5者占11.0%。而根據世界衛生組織（WHO）的調查，英國是5.9%（2002年調查）、美國3.3%（2001～2002年）、西班牙3.0%（2006～2007年）、瑞士5.9%（2007年）。

*3 1989～2009年期間，30～39歲「體重過輕」者由15%升至22%，40～49歲則由7%增為17%。

① 懸念（けねん）：憂慮、擔心
② （～に）ともなう：伴隨～的
③ 突出（とっしゅつ）して：顯然～；「突出（とっしゅつ）して高（たか）い」指遙遙領先

①夏場の電力不足「休日の分散化が効果的」—— 民間②シンクタンク試算

MP3
082

　原発事故の影響で、冷房を使う夏場の電力不足が懸念され、電力消費のピークを③いかに分散するかが産業界の大きな課題になっていますが、そんな中、民間シンクタンク「電力中央研究所」がサマータイムや休日の分散化による節電効果の試算を発表しました。試算によると、オフィスや工場などで休日の取得を分散して、平日と休日の電力使用量を均等にすれば、ピーク時の需要を最大で約500万kW下げることが可能で、さらに7月と8月の休日をそれぞれ平年より10日増やせば、両月とも最大で800万kW程度、ピーク需要を④抑えることができます。一方、サマータイム制で全体的に⑤始業時間を早めた場合、節電効果は数十万kW程度⑥にとどまるということです。

　すでにソニーやパナソニック、東芝などが、始業時間を早めたり、7、8月の夏休みを増やす代わりに5月と9月の連休は⑦操業するなどの計画を発表していますが、今回の試算結果は他の企業の節電対策にも影響を与えそうです。

科学

171

民間智庫試算　舒緩夏季供電短缺問題「分散假日較有效」

　　受核災影響，使用冷氣的夏季恐怕會出現電力短缺，如何分散耗電高峰時段成了產業界的重大課題。此時，民間智庫「電力中央研究所」發表了一項關於夏令時間與分散假日節電效果的試算內容。根據試算，如果把辦公室和工廠的休假都打散，使平日與假日的用電量均等，最多可減少約500萬度的尖峰用電需求。假設7、8月再比往年多休10天假，則這兩個月最多可分別減少約800萬度的尖峰用電需求。而若引進夏令時間，全面提早上班時間，節電效果只有幾十萬度。

　　索尼（SONY）和松下（Panasonic）、東芝（TOSHIBA）等公司都已公布節電計劃，例如提早上班時間，或是增加7、8月的暑假，但5月和9月連假時要上工等等。這次的試算結果可能也會影響到其他公司的節電對策。

①夏場：夏季

②シンクタンク：think tank。智庫、智囊團。指對國家政策等進行分析及研究的機構

③いかに～か：如何～

④抑える：壓抑、抑制

⑤始業：開始工作或開學

⑥にとどまる：止於～、只有～

⑦操業：（工廠）操作機器進行作業

「①スリープの有効活用」「画面は暗め」で 30%節電―
マイクロソフト検証

MP3
○
083

　日本マイクロソフトがWindowsパソコンの効果的な節電方法を検証し、結果を公開しました。検証に使用したのはWindows XP、Vista、7②搭載の、③デスクトップ型と④ノート型、計6機種。こうした詳しい検証はマイクロソフト社でも初めてだということです。

　検証の結果、「画面の明るさを100%から40%に変更することで平均23%節電できる」「パソコンの使用を一時中断して再度使用する場合、1時間30分～1時間50分以内の中断なら、電源を切る（シャットダウン）より、スリープのほうが節電できる」「機種・⑤OSは古いものより新しいもののほうが、デスクトップ型よりノート型のほうが消費電力が少ない」ことなどがわかりました。

　マイクロソフトの推定によると、東京電力⑥管内には2284万台のWindowsパソコンがあります。画面の明るさを抑え、スリープ機能を有効に活用することなどで、1台1台が30%節電すれば、電力消費を最大35万kW減らせる計算になるということです。

科
学

173

微軟驗證：「有效運用睡眠設定」「調暗螢幕」可節電30%

日本微軟公司針對視窗電腦有效節電方式進行驗證，並公開驗證結果。驗證所用的電腦有桌上型及筆記型電腦共6款，裝載軟體為Windows XP、Vista、7。微軟表示這是該公司第一次進行如此詳細的驗證。

驗證結果得知：「把螢幕亮度由100%改為40%，平均可節電23%」「要暫時中斷再重新使用電腦時，如果中斷的時間在1小時30分到1小時50分以內，啟動睡眠狀態會比關閉電源（關機）更省電」「新機型與新作業系統消耗電力比舊款少；筆記型電腦消耗電力比桌上型少」。

據微軟推算，東京電力供電區有2284萬台視窗電腦。若能調暗螢幕並有效運用休眠功能等，每台電腦都節電30%，則最高可減少35萬度的電力消費。

①スリープ：sleep。此指電腦的睡眠功能
②搭載：裝載
③デスクトップ型：桌上型（desktop）電腦
④ノート型：筆記型（notebook）電腦
⑤OS：作業系統（Operation System）
⑥管内：管轄區域內

一石二鳥　古いテレビが放射線遮蔽材に

MP3 084

　物質・材料研究機構（茨城県つくば市）は、テレビの①ブラウン管ガラスが放射線の②遮蔽に有効だという実験結果を発表しました。7月24日に③アナログ放送が終了し、大量に廃棄されることが予想される古いブラウン管テレビが、福島第一原発周辺の放射線対策に役立つと期待されています。

　ブラウン管のガラスには鉛が10〜25％ほど含まれているため、放射線の一種である④ガンマ線を遮蔽する効果があります。実験では、砕いたブラウン管ガラスを箱に⑤詰めて、放射線の遮蔽能力を測定しました。その結果、ガラスを詰めた箱の厚さが55センチあれば、放射線を約100分の1に減らせることがわかりました。これは厚さ9センチの鉛板に相当します。

　原発事故の処理に大量の遮蔽材が必要とされていますが、鉛は⑥バッテリー用などで需要が多いため⑦品薄で、コストもかかります。一方、アナログ放送終了で20万トンのブラウン管が不用になると見られているため、一石二鳥の解決策になるかもしれません。

科学

175

一石二鳥　舊電視變阻隔輻射材料

　　物質暨材料研究機構（茨城縣筑波市）實驗發現：電視映像管的玻璃可有效阻隔輻射線。7月24日類比電視停播後，預料將被大量丟棄的舊式映像管電視，如今有可能搖身一變，成爲福島第一核電廠周邊防輻射外洩的大功臣。

　　映像管的玻璃含鉛量約10～25%，因此能有效阻隔一種叫作伽瑪射線的輻射線。在實驗中，研究人員把碾碎的映像管玻璃塞在箱子裡，測量它能阻隔多少輻射。結果發現：塞滿玻璃的箱子厚度達55公分，就可將輻射線減至100分之1。效果等於9公分厚的鉛板。

　　處理核電廠事故需要大量的阻隔材料，但鉛因製作電池等需求量大而供不應求，而且所費不貲。另一方面，由於類比電視停播，據判有20萬公噸的映像管閒置不用，或許這正是一個一石二鳥的解決對策。

①ブラウン管（かん）：陰極射線映像管
　（Cathode Ray Tube，CRT）。也
　有人用發明人德國物理學家Karl
　Ferdinand Braun之名，稱爲布勞恩管
②遮蔽（しゃへい）：遮蔽、掩蓋
③アナログ：類比⇔デジタル
④ガンマ：gamma ray。伽瑪射線，或

稱γ射線。一種波長較短、穿透力強
的電磁波
⑤詰（つ）めて：塞進、裝入
⑥バッテリー：battery。電池
⑦品薄（しなうす）：商品供不應求

ガソリンも電気も不要！空気で走る車を開発――
①豊田自動織機

MP3
085

　豊田自動織機は９月22日、ガソリンや電気を使わないで走る空気エンジン車「KU：RIN（クーリン）」を公開しました。クーリンは３輪で、長さ約3.5m、幅83cm、高さ76cm。車体素材に②炭素繊維を使っているため、重さはわずか100kgです。空気エンジンは、同社の製品であるカーエアコン用の③コンプレッサーを改造して作られています。豊田自動織機は1926年の創業で、トヨタ自動車は同社の自動車部門が独立したものです。自由な④発想でもの作りに挑戦する⑤若手技術者を育てるため、「夢の車工房」というクラブ活動を行っていて、クーリンはこの「夢の車工房」のメンバーのうち７人が、仕事が終わった後や休みの日に集まって、⑥４年がかりで開発しました。

　クーリンは、空気エンジン車の最高速度、時速129.2kmで走ることに成功し、ギネス世界記録に申請を予定しています。ただ、走行距離を数十km以上に伸ばすことが難しいため、残念ながら今のところ実用化や販売の予定はないということです。

科学

免汽油免充電！豐田自動織機研發空氣動力車

　　豐田自動織機9月22日發表一款不靠汽油或電作為動力的空氣引擎車「KU：RIN」。「KU：RIN」採用三輪，長約3.5公尺，寬83公分，高76公分。由於車體使用碳纖維材質，因此重量僅有100公斤。空氣引擎是用該公司所生產的車用空調壓縮機改造而成的。豐田自動織機成立於1926年，豐田汽車就是從該公司汽車部門獨立出來的。豐田自動織機為了培養出具有自由創意，挑戰設計製造的年輕技術人員，設有一個名為「夢想汽車工作坊」的社團，「KU：RIN」就是這個「夢想汽車工作坊」成員中的7個人，利用下班和假日的時間聚在一起討論，花費4年時間研發出來的。

　　「KU：RIN」最高時速達129.2公里，創下空氣引擎車的最高紀錄，正準備申請金氏世界紀錄認證。只可惜它的行駛距離達不到幾十公里，因此目前並沒有生產販售的計劃。

①豐田自動織機：豐田自動織機公司。英文名稱為Toyota Industries Corporation

②炭素纖維：碳纖維。由碳元素組成的纖維，具有比鋁輕，比鋼硬的特點

③コンプレッサー：compressor。空氣壓縮機

④発想：構思、創意

⑤若手：年輕人，也指群體中較年輕的一輩

⑥4年がかり：接尾辭「がかり」接在人數或時間之後，表示所需要、所花費的量

文　化

お父さんの育児知識を測る、第1回「パパ検」実施

MP3 087

　子育てに関する知識を測定する「第1回子育てパパ力能力検定（略称：パパ検）」が3月16日、東京、大阪、名古屋など全国7ヵ所で実施されました。パパ検は①NPO法人（特定非営利活動法人）の②ファザーリング・ジャパンが主催、子どもを持つ男性ら約1,000人が参加しました。

　出題された問題は多様で、「生まれたばかりの赤ちゃんの平均体重はどれぐらい？」「赤ちゃんがやけどをしたときの応急的措置は？」といった基礎知識や医療に関する問題から、「2007年度、子どもの名前でいちばん多かったのは？」「2007年の出生数は2006年と比べてどのように変化したか？」といった社会・③世相に関するもの、また少し変わったところでは「4つの漢字（④爺・斧・爸・爹）のうち部首が『父』でないものはどれ？」などという問題もあります。

　ファザーリング・ジャパン代表理事の安藤哲也氏は、父親たちの「育児力」に優劣をつけるためではなく、父親たちに育児への関心を高めてもらうこと、社会全体に、子どもを⑤取り巻く環境を見直してもらうことがパパ検の目的だと語っています。

文化

首屆「爸爸檢定」開跑　檢測爸爸的育兒知識

　　「第一屆育兒爸爸能力檢定」（簡稱「爸爸檢定」）3月16日在東京、大阪、名古屋等全國7地同步舉辦。「爸爸檢定」是由NPO法人（非營利組織法人）Fathering Japan主辦，共有約一千名身為人父的男性參加。

　　考題五八花門，從「初生兒平均體重」「嬰兒燙傷時的急救措施」等基本知識或醫療相關問題，到「2007年度最多人取的小孩名字」「2007年與2006年出生人數變化」等社會局勢相關問題都有。還有一些另類的題目，像「『爺』『斧』『爸』『爹』等四個漢字中，何者部首非『父』部？」。

　　Fathering Japan的代表理事安藤哲也表示，爸爸檢定的目的並非要對爸爸們的「育兒能力」評斷高下，而是希望能提高爸爸們對育兒的關心，並希望整體社會能好好檢討孩子們所處的環境。

①NPO法人（ほうじん）：nonprofit organization，非營利法人組織
②ファザーリング・ジャパン：Fathering Japan，一個以「fathering＝開開心心當爸爸」為宗旨的法人組織
③世相（せそう）：世態、社會情況
④爺・斧・爸・爹：「爺」可讀成「じい」「じじ」「じじい」，指年老的男性。讀「じい」時也可指祖父，如「じいさん」。「斧」讀音「おの」，指斧頭。「爸」和「爹」非日本現有漢字。順帶一提，其中只有「斧」的部首是「斤」而不是「父」
⑤取（と）り巻（ま）く：原指包圍，也指周遭、以～為中心的意思

夫が家事・育児するかしないかで、第2子出生に5倍の差

MP3
088

　すでに子どもがいる夫婦が2人目の子どもをつくるかどうかは、夫が家事・育児に協力するかしないかによって大きく影響されるということが、厚生労働省の行った「①21世紀成年者縦断調査」でわかりました。この調査は2002年末の時点で20〜34歳だった全国の男女とその配偶者を対象に、厚労省が毎年継続的に実施しているもので、今回で5回目になります。

　1回目の調査ですでに子どものいる夫婦のうち、29.4%に第2子が生まれました。これを「休日の夫の家事・育児時間」②別に見ると、夫の1日あたりの家事・育児時間が「なし」7.5%、「2時間未満」17.4%、「2〜4時間」25.6%、「8時間以上」は40.1%と、夫が家事と育児に参加する時間が長ければ長いほど、2人目の子どもを生む割合が高くなっていて、「なし」と「8時間以上」では5.3倍もの差があります。

　また、妻の職場に③育児休暇制度があるかどうかや、妻が正規雇用か非正規雇用か、さらに④住宅事情などによっても第2子の出生に差がありました。少子化問題解決のためには、男性の意識改革⑤もさることながら、出産・子育てを⑥取り巻く総合的な環境の整備も重要なようです。

文化

丈夫願不願意做家事帶小孩　生第2個孩子的比例相差5倍

　　厚生勞動省所做的「21世紀成年人縱向調查」發現：夫丈願不願意協助家事及育兒，對於已經有小孩的夫妻是否生第2個小孩影響極大。這是厚生勞動省以2002年底時年紀在20至34歲的全國男女及其配偶爲對象，所進行的一年一度持續性調查，這回是第5次。

　　在第1次調查時已有小孩的夫妻中，有29.4%生下第2個孩子。而這些夫妻中，就「假日時丈夫分擔家務及育兒的時間」來看，丈夫平均1天分擔家務及育兒時間爲「無」的占7.5%，「2小時以下」17.4%，「2～4小時」25.6%，「8小時以上」占40.1%。丈夫參與家務及育兒工作的時間越長，生第2個小孩的比例就越高；「無」和「8小時以上」的差距達5.3倍之多。

　　此外，是否生第2個小孩，也在妻子的工作場所是否有育嬰假制度、妻子的工作爲正職或非正職，以及住屋情況等方面出現落差。看來要解決少子化的問題，不只要進行男性的意識改革，建立完善的整體生產及育兒環境也很重要。

①21世紀成年者縱斷調查：厚生勞動省針對國民結婚、生子、就業等實態及意識，所進行的持續性調查，以作爲擬定少子化對策的參考資料

②（～）別に：按～（來分類）

③育児休暇制度：法律規定養育一歲至一歲半以下嬰兒可請育嬰假，但各公司相關的保險及薪資、津貼給付制度不同

④住宅事情：住宅方面的情況，如租屋或自有住宅等。「～事情」指～方面的情況

⑤～もさることながら：不只、不僅～

⑥（～を）取り巻く：原指包圍，引伸爲與～相關的意思

人生をやり直せるなら？…医者・看護師――
「大人の夢」調査

もし、別の人生を①歩めるとしたら何になりたいですか？…第一生命保険が全国の成人男女、約52万人を対象に「大人の夢〜別の人生を歩めるとしたら〜」と題したアンケートを実施しました。その結果、男性は医者、女性は看護師になりたいと考える人がいちばん多いことがわかりました。

男性では「医者（6.41％）」に次いで多かったのが「野球選手（5.66）％」「学者・博士（4.78％）」でした。ちなみに「今と同じ」と答えた現状満足派は1.54％（21位）でした。女性では1位「看護師（6.79％）」2位「医者（6.29％）」3位「保育園・幼稚園の先生（5.00％）」で"人をケアする仕事"にあこがれる人が多いことがわかります。②目を引くのは5位に③ランクインした「歌手・俳優・タレント」です。同社は小学生以下の子どもを対象に「大人になったらなりたいもの」という調査も行っていますが、子ども（女子）のランキングでは「歌手・俳優・タレント」は10位で、大人の女性ほうが"夢の職業"に対するあこがれが強いという結果が出ました。

年代別に見ると、男性の20代・30代と女性の20〜40代で「お金持ち」という答えが上位10位内に入っていて、若い世代ほどお金に④不自由しない生活を⑤志向していることがわかります。

文化

人生如果能重來？……醫師、護士──「大人的夢想」調查

　　如果可以過不一樣的人生，你想做什麼？……第一人壽保險針對全國成年男女約52萬人，進行一項以「大人的夢想～如果可以過不一樣的人生～」爲題的問卷調查。結果顯示，男性想當醫師的人最多，女性則是護士排名第一。

　　男性中選「醫師（6.41%）」的最多，其次爲「棒球選手（5.66%）」「學者・博士（4.78%）」。順帶一提，回答「和現在一樣」的滿於現狀者佔1.54%（第21名）。女性當中第1名是「護士（6.79%）」，第2名「醫師（6.29%）」，第3名「托兒所、幼稚園老師（5.00%）」，可見有很多人都很嚮往「照顧人的工作」。引人注目的是排名第5的「歌手、演員、藝人」。該公司也針對小學以下的孩童進行調查：「長大以後想做什麼？」，孩童（女生）的排名中「歌手、演員、藝人」是第10名，顯示成年女性對於「夢想的職業」懷有較多憧憬。

　　就年齡來看，二、三十歲的男性和二十到四十幾歲的女性中，「有錢人」的選項都排入前10名，可見年紀越輕的人越希望在金錢方面不虞匱乏。

①歩める：「歩む」指行走、前進。
　　「人生を歩む」是度過人生
②目を引く：引人注目
③（～に）ランクインする：排名（在上面）
④不自由しない：「不自由する」指不便、不如意。「金に不自由する」指在金錢方面有困難、缺錢
⑤志向して：「志向する」指志向、以～爲目標

得意料理は1位チャーハン、2位カレー──
男性の料理実態調査

　「男子厨房に①入らず」はすでに②死語になっているようです。インターネット調査会社のアンケートで、8割以上の男性が「料理をしている」と回答したことがわかりました。

　この「男性の料理実態調査」はインターネット市場調査会社・マクロミルが、日本全国の20〜59歳の男性約500人を対象に行ったもので、「料理をするかどうか」の③問いに、「年に数回」という人も含めると84%の人が「料理をしている」と回答、「ほぼ毎日」は10%、「週に1日以上」料理をする男性は合計50%に上りました。

　「得意な料理（複数回答）」は1位がチャーハン（54%）2位カレー（53%）、3位野菜炒め（45%）で、7割の人が「簡単にできる」ことが「料理の際重視するポイント」だと答えています。

　「料理をする理由（複数回答）」については、「妻や家族、恋人を④喜ばせたいから」が35%でトップ。⑤次いで「料理をすることが好きだから」が34%、「節約になるから」32%と続きます。ちなみに同社が女性を対象に行ったアンケートで、約9割の女性が「料理ができる男はカッコいい」と思っていることも明らかになりました。

文化

拿手菜最高票是炒飯，第2高票咖哩飯──男性烹飪現況調查

「男人遠庖廚」這句話似乎已成爲歷史了。網路市調公司的問卷結果顯示，有8成以上的男性回答自己「會做菜」。

這項「男性烹飪現況調查」是網路市場調查公司MACROMILL針對日本全國20～59歲男性500人所進行的調查。針對「你做菜嗎？」的問題，包括「一年數次」的人在內，總共有84%回答「會做菜」，「幾乎每天」的人佔10%，「一星期1天以上」會做菜的男性總計高達50%。

「拿手菜（可複數回答）」第1名是炒飯（54%），第2名咖哩飯（53%），第3名炒青菜（45%），7成的人表示「做菜時第一考慮的重點」是「做法簡單」。

「做菜的原因（可複數回答）」最多人回答「因爲想讓太太或家人、女朋友高興」佔35%。其次是「因爲喜歡做菜」34%、「因爲要省錢」32%。順帶一提，在該公司針對女性的調查中，發現有9成女性認爲：「會做菜的男人很帥」。

①入らず：＝「入らない」。「ず」爲文言否定助動詞
②死語：現在一般生活中已不再使用的詞語
③問い：源自「問う」（問）的連用形，當名詞用，指詢問、問題
④喜ばせたい：「喜ばせる」是「喜ぶ」的使役形，指使人高興、討人歡心
⑤次いで：其次、隨後

国語辞書が小学生に大ブーム

MP3
091

　電子辞書の普及や少子化のため、辞書の①売れ行きはこの10年で約半分にまで減少していました。しかし最近「辞書引き学習」という②ユニークな学習法が注目されるとともに、小学生向けの辞書が売れ行きを伸ばしているそうです。

　この「辞書引き学習」は立命館小学校（京都市）の深谷圭助校長が著書『７歳から「辞書」を引いて頭を③きたえる』（すばる舎）の中で④提唱しているもので、方法は（1）カバーをはずした状態で、常に机の上に辞書を置いておく（2）引いた言葉を⑤付箋に書いて、そのページに貼るだけ、と簡単。辞書を引けば引くほど、付箋が増えていきます。「目に見える成果が出ると、子供たちはますます引きたくなるものです」と深谷さん。このブームを⑥受けて出版各社は、小学生向けの辞書を軽量化したり、表紙を紙から合成樹脂に変えて、付箋を挟んでも破れにくくするなどの改良を加え、販売部数を順調に伸ばしているということです。

文化

189

小學生查國語字典正夯

在電子字典的普及與少子化影響下，字典的銷售量十年來降到剩五成左右。不過近來一種獨特的學習法－－「查字典學習」備受注目，小學生字典的銷售情況也跟著水漲船高。

這個「查字典學習」，是立命館小學（京都市）校長深谷圭助在自己的著作《7歲起查「字典」鍛鍊頭腦》（昴舍出版）中提倡的學習法。方法很簡單：（1）桌上隨時放一本拆掉書套的字典，（2）把查過的詞記在便條紙上，貼在那一頁。字典查得越勤，便條越多。深谷校長說：「看到有形的成果，小朋友就會越來越喜歡查」。據說各出版社看準這股風潮，紛紛推出改良版字典，例如減輕小學生字典的重量、封面用合成樹脂取代紙張，讓人貼便條紙也不容易撕破字典，順利提升了字典的銷售量。

①売れ行き：銷售情況
②ユニーク：unique。獨特的、特有的
③きたえる：鍛鍊、磨練
④提唱する：提倡

⑤付箋：備忘、提示用的便條貼紙
⑥（～を）受けて：受～影響、由於～緣故，所以～

ポニョ、毒、朝バナナ——
①サラリーマン川柳ベスト10発表

MP3
092

　第一生命保険が主催する「第22回サラリーマン川柳②コンクール」で選ばれた優秀作品が5月22日発表されました。

　1位に③輝いたのは「しゅうち心　なくした妻は　ポーニョポニョ」。長年の結婚生活で、羞恥心がなくなった妻は、太って④ポニョポニョの贅肉をつけてしまったという意味ですが、「羞恥心」は昨年大変注目を浴びた歌手グループの名前で、「ポニョ」は宮崎駿監督映画の主人公の名前。昨年流行した言葉をうまく取り入れた川柳です。ほかにも「ぼくの嫁　国産なのに　毒がある」（昨年は外国産の汚染米や毒ミルクが流通。ぼくの妻は国産＝日本人だが、話には毒がある）「朝バナナ　効果があったの　お店だけ」（朝食にバナナを食べるダイエット法がはやったが、それで痩せた人は少なく、結局バナナを売るお店だけが得をした）など、昨年話題を集めた⑤ニュース・トピックを題材にした作品が上位に入りました。

文化

波妞、毒、早餐香蕉——上班族打油詩前10名出爐

由第一壽險主辦的「第22屆上班族川柳（打油詩）大賽」，5月22日公布其中獲選的佳作。

榮獲第1名的作品是：「失去羞恥心的老婆　肥肥軟軟」。內容是指歷經長年的婚姻生活後，妻子的羞恥心消失殆盡，身材走樣，長出肥肥軟軟的贅肉。「羞恥心」是一個去年爆紅的歌手團體，而「波妞」則是宮崎駿電影主角的名字。這首打油詩中巧妙地用上去年流行的詞語。其他前幾名的作品像：「我的老婆　雖是國產但有毒」（去年外國進口的毒米和毒奶粉流入市面。我的老婆雖然是正宗國產＝日本人，但話中帶毒）「早餐香蕉　有成效的只有店家」（早餐吃香蕉減肥法一度盛行，但因此變瘦的人很少，受惠的只有賣香蕉的店家），都是以去年熱門新聞話題為題材的作品。

①サラリーマン川柳（せんりゅう）：「川柳（せんりゅう）」是一種由17個假名（即17個字音）組成的短詩，以滑稽諷刺的方式描述世態民情

②コンクール：concours（法語）。指藝術方面的競賽

③（～に）輝（かがや）いた：榮獲～

④ポニョポニョ：擬態語。形容水水軟軟的樣子

⑤ニュース・トピック：news topic。新聞話題

「破天荒」とはどういう意味？——
文化庁・①国語世論調査

MP3
093

　文化庁は９月４日、2008年度「国語に関する世論調査」の結果を発表しました。「日本語を大切にしているか」「人とのコミュニケーションについて」「読書について」など、国語に関する意識のほか、慣用句の意味や、比較的新しい外来語の認知度・理解度についても調査しています。調査は今年３月に行われ、全国の16歳以上の男女1,954人から回答を得ました。

　「日本語を大切にしている」と回答した人は01年度調査より7.6ポイント増え、76.7％でした。年代が低くなるほど増加の割合が大きく、16〜19歳では28.4ポイント増の72.2％でした。その一方で、慣用句などの言い方・意味を誤解している人が多いこともわかりました。「破天荒」は本来「誰も②成し得なかったことをすること」ですが、64.2％の人が「豪快で大胆な様子」だと思っていました。また「チームや部署に指示を与え、指揮すること」を「③さい配を④振る」と言いますが、「さい配を⑤振るう」を選んだ人が58.4％に上りました。

文
化

文化廳國語現況調查——「破天荒」是什麼意思？

　　9月4日，文化廳公布2008年度「國語現況調查」的結果。除了「你是否珍惜日語？」「與人溝通方面」「閱讀方面」等國語的相關意識問題之外，也調查人們對慣用句的意思，以及對較新外來語的認知、理解程度。調查時間在今年3月，受訪對象為全國16歲以上男女共計1,954人。

　　回答「珍惜日語」的人占76.7%，比2001年度的調查多了7.6個百分點。年齡越低增加的幅度越大，16～19歲的人中有72.2%，增加了28.4個百分點。但另一方面，也發現很多人都對慣用句的用法和意思有所誤解。「破天荒」原本是指「史無前例地達成某事」，但有64.2%的人都以為它是形容「豪邁大膽的樣子」。還有，「發號施令，對團隊或部門進行指揮」，日語叫作「さい配を振る」，但有高達58.4%的人都選了「さい配を振るう」。

①国語世論調查：文化廳自1995年起每年實施的現狀調查，目的是要瞭解在社會變化中，日本人的國語意識，以作為國語政策的參考

②成し得なかった：「成し得ない」指做不成。「成す」指完成、達到目的，「得る」接在動詞連用形後，表示能夠、可能～

③さい配（采配）：武將指揮士兵作戰的工具。狀似大型拂塵，用來揮動以傳達指令

④振る：揮、搖、甩、轉動

⑤振るう：大幅揮動、揮動以便弄出內容物、揮灑、發揮

"漫画が売れない！" 日本国内の漫画売り上げ、過去最大の減少

MP3
094

　日本の漫画は海外でも高い人気を集めていますが、2009年の日本国内の漫画の売り上げは、前の年より約6％減って過去最大の①落ち込みになったことがわかりました。

　②出版科学研究所によると、昨年1年間の漫画の雑誌と単行本の売り上げは合わせて4187億円で、前の年に比べて6.6％減少し、過去最大の減少率でした。特に漫画雑誌の売り上げの減少が③著しく、前の年に比べて9.4％減の1913億円で、18年ぶりに2000億円を下回りました。漫画の売り上げは1995年が④ピークで、それ以降は減少する傾向が続いています。⑤同研究所はその原因について、景気の低迷で、漫画を買わずに漫画喫茶などで読む人が多くなっていることや、電子コミックの増加、また昨年は大ヒットといえる作品が少なかったことなどを挙げています。書籍・雑誌全体の売り上げも減少傾向が続いていて、昨年の推定販売金額は1兆9356億円で、21年ぶりに2兆円を⑥下回りました。

文化

「漫畫滯銷！」　日本國內漫畫銷售量降幅創新高

日本漫畫在海外也相當風行，但2009年日本國內的漫畫銷售額卻比前一年少了約6%，爲歷年最大降幅。

出版科學研究所統計指出：去年全年漫畫雜誌與單行本漫畫的銷售量總計4187億日圓，與前一年相比少了6.6%，降幅居歷年之冠。尤其是漫畫雜誌的銷售量明顯下滑，比前一年少9.4%，只有1913億日圓，18年來首次跌破2000億。漫畫的銷售量在1995年達到頂點，之後就持續下滑。該研究所分析原因包括：景氣低迷，很多人不買漫畫，改成到漫畫網咖看。電子漫畫增加，再加上去年沒有多少算得上熱門的作品。整體書籍雜誌的銷售量也持續下滑，估算去年銷售量1兆9356億日圓，21年來首次低於2兆日圓。

①落ち込み：（成績等）下降、下滑
②出版科学研究所：由「社團法人全國出版協會」管理的研究機構，針對出版品的現況等進行種種調查分析

③著しく：指顯著、顯眼
④ピーク：peak。最高點
⑤同：該。指前面提到的人或事物
⑥（〜を）下回り：低於。在〜之下

「電子書籍元年」──大手メーカー、①端末を②続々発売

MP3
095

　昨年2010年は「電子書籍元年」と言われ、12月初旬に、NECビッグローブの「スマーティア（Smartia）」、シャープの「ガラパゴス（GALAPAGOS）」、ソニーの「リーダー（Reader）」など、大手電機メーカーから、電子書籍を読むことができる機器（電子書籍端末）が続々と発売されました。

　実は、日本の電機メーカーは過去にも何度か電子書籍端末を発売したことがありますが、どれも販売中止という結果に終わっていました。失敗の原因は、「せっかく端末を買っても、読める本（③コンテンツ）が少ない」ということでした。しかし昨年は、米アップル社の「iPad」の④ヒットを受けて、各出版社や書店などが、⑤こぞって電子書籍事業に参入し、コンテンツを提供し始めたことが今までとは異なる点です。紙の本と比べると目が疲れやすい、ファイル形式が統一されていない、書籍の電子化に⑥まつわる権利関係が複雑、などなど、解決するべき課題はまだまだありますが、電子書籍時代への流れは今後も止まりそうにありません。

文化

197

「電子書元年」──各大廠推電子書閱讀器

去年2010年人稱「電子書元年」，12月初各大廠紛紛推出可閱讀電子書的機器（電子書閱讀器），包括NEC BIGLOBE的「Smartia」、夏普（SHARP）的「GALAPAGOS」、索尼（SONY）的「Reader」等等。

其實日本的電機公司以前也推過幾款電子書閱讀器，但最後全都停售。失敗的原因在於「買了閱讀器，能看的書（內容檔案）也沒幾本」。和以往不同的是：去年美國蘋果公司「iPad」轟動上市後，各出版社、書店大舉投入電子書市場，開始提供檔案內容。雖然電子書還有很多待解決的課題，例如比起看紙本書籍，眼睛更容易疲倦、檔案格式不一、書本電子化的版權關係複雜等等，不過今後應該會一步步走向電子書時代。

①端末（たんまつ）：terminal。（電腦的）終端設備
②続々（ぞくぞく）（と）：陸續、紛紛
③コンテンツ：contents。內容。也指利用軟體讀取的內容，如影音檔案等
④ヒット：hit。原指安打，引申為成功地風行一時
⑤こぞって：所有成員一致～、全都
⑥（～に）まつわる：原指纏繞，引申為關於、關聯

小笠原諸島と平泉が世界遺産に

MP3
096

　小笠原諸島が①ユネスコの世界自然遺産に、岩手県の「平泉」が世界文化遺産に、それぞれ登録されることが決まりました。

　小笠原諸島は東京都に属しますが、都心から約1000キロ南の太平洋上にあり、過去に一度も大陸と②地続きになったことがないため、独自の進化を遂げた動植物が数多く存在します。例えば、小笠原にいる③陸貝（カタツムリなど）の94％、昆虫の27％は他の土地にはいない④固有種です。このように固有種が多いことと、島民がその保護に⑤取り組んでいることなどが評価されました。

　岩手県の平泉は、11世紀末から12世紀末の約100年間に⑥わたって、豪族・奥州藤原氏が東北地方一帯を支配したときの中心地で、独自の政権と文化を確立していました。今回登録された「平泉」は、藤原氏が建立した中尊寺や毛越寺など、5つの資産を合わせた総称です。今回の決定が、復興を目指す被災地の人々の励みとなるとともに、観光振興にも⑦一役買うことが期待されています。

文化

小笠原群島與平泉列世界遺產

聯合國教科文組織審查通過，將小笠原群島列入世界自然遺產，岩手縣的「平泉」則列入世界文化遺產。

小笠原群島雖屬東京都管轄，但位在市區南方約一千公里外的太平洋，過去未曾與其他陸地相連，因此有許多獨立進化而成的動植物。像小笠原的陸生貝類（如蝸牛等）有94%，昆蟲有27%都是其他地方所沒有的原生物種。這裡不但原生物種豐富，且島民致力保護原生物種，在在都得到高度肯定。

岩手縣的平泉在11世紀末至12世紀初，約有100年的時間是地方豪族－奧州藤原家族統治東北地方時的根據地，有自己特有的政權與文化。這次登錄世界文化遺產的「平泉」，包括了藤原家所建的中尊寺及毛越寺等5處古蹟。大家都期盼此事能鼓舞在災區重建的人們，並為振興觀光業帶來利多。

①ユネスコ：（United Nations Educational, Scientific and Cultural Organization, UNESCO）聯合國教育科學與文化組織，簡稱聯合國教科文組織
②地続き：指陸地相連，未受海洋或河川阻隔
③陸貝：陸生貝類

④固有種：某地區特有的動植物種類
⑤（〜に）取り組んでいる：專心致力於〜
⑥（〜に）わたって：表示時間、空間的範圍。「100年にわたって」是100年來一直〜
⑦（〜に）一役買う：主動承擔某項任務

この夏も開催
世界最大の漫画の祭典「コミックマーケット」

MP3
097

　「コミケ」「コミケット」の通称で知られる「コミックマーケット」が、8月12〜14日、①東京ビッグサイトで開催されました。コミックマーケットは1975年に始まった世界最大級の同人誌②即売会で、現在は夏と冬、年2回開かれています。80回目の開催となった今回も、約54万人が会場を訪れました。

　同人誌とは、同じ趣味を持つ人たちが自分たちで制作した雑誌のことで、このコミックマーケットには漫画やアニメ③をはじめ、アイドル、音楽、鉄道などさまざまなジャンルの同人誌④サークルが集結。雑誌以外にもゲーム、グッズなど、ここでしか手に入らない品々が販売されるため、日本だけでなく、近年は海外から足を運ぶ人も増えています。また漫画・アニメやゲームのキャラクターに⑤扮する「⑥コスプレ」も名物の一つで、今回も約1万5千人の「コスプレーヤー」が炎天下のコスプレ広場で、自慢の衣装を披露しました。

文化

今夏盛事　世界最大漫畫展「Comic Market」

　　一般通稱「コミケ」或「コミケット」的「Comic Market」8月12～14日在東京Big Sight盛大展開。Comic Market從1975年起開辦，是全世界最大的同人誌展售會，現在1年舉辦2次，分別在夏季和冬季。這次是第80屆，參觀人數仍高達約54萬人。

　　同人誌是指一群志同道合的人自行編製的雜誌，Comic Market聚集了漫畫、動畫，還有偶像、音樂、鐵道等不同領域的同人誌團體。現場展售的除了雜誌之外，還有遊戲、周邊商品等，很多都只有在這裡才買得到，所以不只日本人，這幾年飄洋過海來的人也越來越多。裝扮成漫畫、動畫及遊戲角色的cosplay也是參觀重點之一，這次也有大約1萬5千名cosplayer頂著豔陽，在cosplay廣場大方展示自己的得意之作。

①東京ビッグサイト：東京Big Sight，位於東京臨海副都心的大型展覽館
②即売：（在展覽會場等）當場販售展覽品
③～をはじめ：以～為首、～以及…
④サークル：社團、同好會
⑤（～に）扮する：扮演
⑥コスプレ：源自於日製英語コスチューム・プレイ（costume play），指裝扮成動漫中角色

「孫文と梅屋庄吉展」香港で開催——
辛亥革命100年記念

MP3
098

　辛亥革命100周年を記念して、孫文と、日本人実業家・梅屋庄吉との交友を紹介する「温故創新－孫文と梅屋庄吉展」（主催：香港中華商会・日本商工会議所）が、9月3日から6日、香港で開かれました。

　梅屋庄吉は長崎出身の実業家で、1895年、当時香港で自身が①営んでいた写真館で孫文と出会いました。孫文の革命理念に共鳴して「君は兵を②挙げよ、私は財③をもって④支援す」と、革命に必要な巨額の資金を提供したり、必要な武器を⑤手配するなどの支援をしました。また孫文と宋慶齢の結婚式を梅屋が主催するなど、私生活の面でも2人は深い交友関係にありました。展覧会では、写真や手紙のほか、孫文が梅屋のために「賢母」と⑥揮毫した⑦羽織などを展示し、2人の友情と偉業を紹介しています。

　香港での開催は上海、北京、武漢、中山に次いで5カ所目で、日本では10月1日から長崎で、特別展「孫文・梅屋庄吉と長崎」（主催：長崎県ほか）が開催中です。

文化

香港「孫中山與梅屋庄吉展覽」 紀念辛亥革命百周年

　　為紀念辛亥革命100周年，香港中華總商會與日本商工會議所9月3日到6日在香港合辦「溫故創新─孫中山與梅屋庄吉展覽」，介紹孫中山和日本實業家梅屋庄吉的友誼。

　　梅屋庄吉是長崎的商人，1895年在香港自己開的相館裡結識了孫中山。他有感於孫中山的革命理念，承諾「君舉兵，吾以財相挺」，在各方面大力支援，包括提供革命所需的鉅額資金、準備所需的武器。兩人私交亦甚篤，像孫中山和宋慶齡的婚禮就是梅屋主辦的。展覽會場除了照片、信件之外，還展示了孫中山為梅屋揮毫寫下「賢母」兩字的和服短外套等物品，向大家介紹兩人的友誼與革命偉業。

　　香港是繼上海、北京、武漢、中山之後，第5個展覽場次，日本10月1日起在長崎，由長崎縣政府等單位舉辦「孫文・梅屋庄吉與長崎」特別展。

①営んで：「営む」指經營、從事
②挙げよ：＝「挙げろ」。「挙げよ」是文言命令形
③〜をもって：以〜、用〜
④支援す：＝「支援する」。「す」是

文言動詞，等於現代語的「する」
⑤手配：準備、調配（進行某事所需的人力物品）
⑥揮毫：運筆寫字或繪畫
⑦羽織：套在和服外的短外套

著者介紹

加藤香織（かとうかおり）

出生於日本新潟縣。

學歷：

　1994年　畢業於津田塾大學學藝學部國際關係學科

　1998年　一橋大學言語社會研究科修士課程修了

專攻：

　社會言語學

經歷（現任）：

　鴻儒堂書局『ステップ日本語～階梯日本語雜誌』特約編集

譯者介紹

林彥伶

學歷：

　東吳大學日本語文學系碩士

　日本愛知學院大學文學研究科博士

經歷（現任）：

　明道大學應用日語學系專任助理教授

　鴻儒堂書局『ステップ日本語～階梯日本語雜誌』特約中文翻譯

日本語を学ぶ・日本を知る

ステップ日本語
階梯日本語雜誌

書+CD　每期定價350元

創刊於1987年6月，學習內容包羅萬象，包括日語學習、介紹日本的社會現況、歷史文化、新聞時事等，並榮獲第35屆金鼎獎「最佳教育與學習雜誌獎」，是所有日語老師一致推薦廣受好評的最佳日語學習雜誌。對於想要從事對日貿易或赴日留學者，『階梯日本語雜誌』是不可或缺的學習利器。

國內訂閱價格	掛號郵寄
雜誌+CD一年（12期）	3,860元
雜誌+CD二年（24期）	7,320元

◆海外讀者訂閱歡迎來電或以電子郵件詢問海外訂閱價格
◆當月號單套零購，請至全省各大書店購買。
◆學生團體訂購另有優待，歡迎來電洽詢。
洽詢電話：(02)2371-2774
劃撥戶名：鴻儒堂書局股份有限公司　劃撥帳號：00095031

國家圖書館出版品預行編目資料

快樂聽學新聞日語 / 加藤香織著 ; 林彥伶譯. —
初版. — 臺北市 : 鴻儒堂, 民102.05
　　面 ；　公分
ISBN 978-986-6230-20-2(平裝附光碟片)

1.日語 2.新聞 3.讀本

803.18　　　　　　　　　　　　102008402

聞いて学ぼう！ニュースの日本語
快樂聽學新聞日語

附mp3 CD一片，定價：350元

2013年（民102年）　5月初版一刷
本出版社經行政院新聞局核准登記
登記證字號：局版臺業字1292號

著　　　者：加 藤 香 織
譯　　　者：林 彥 伶
發 行 所：鴻儒堂出版社
發 行 人：黃 成 業
門 市 地 址：台北市中正區漢口街一段35號3樓
電　　　話：02-2311-3810／傳　　眞：02-2331-7986
管 理 部：台北市中正區懷寧街8巷7號
電　　　話：02-2311-3823／傳　　眞：02-2361-2334
郵 政 劃 撥：０１５５３００１
Ｅ－ｍａｉｌ：hjt903@ms25.hinet.net

鴻儒堂出版社設有網頁，歡迎多加利用
網址：http://www.hjtbook.com.tw